スラヴ東欧研究者の備忘録

▲フロドナ（ベラルーシ）のシナゴーグ

フィールドノート断章

Wędrówki naukowe po dziejach dawnej Rzeczypospolitej.
Notatki z terenowych badań
Makoto HAYASAKA

編著▶▶▶早坂眞理
Юрій Мицик
Jan Jurkiewicz

彩流社

目次

16・17世紀士族共和政(ジュチポスポリータ)の最大版図

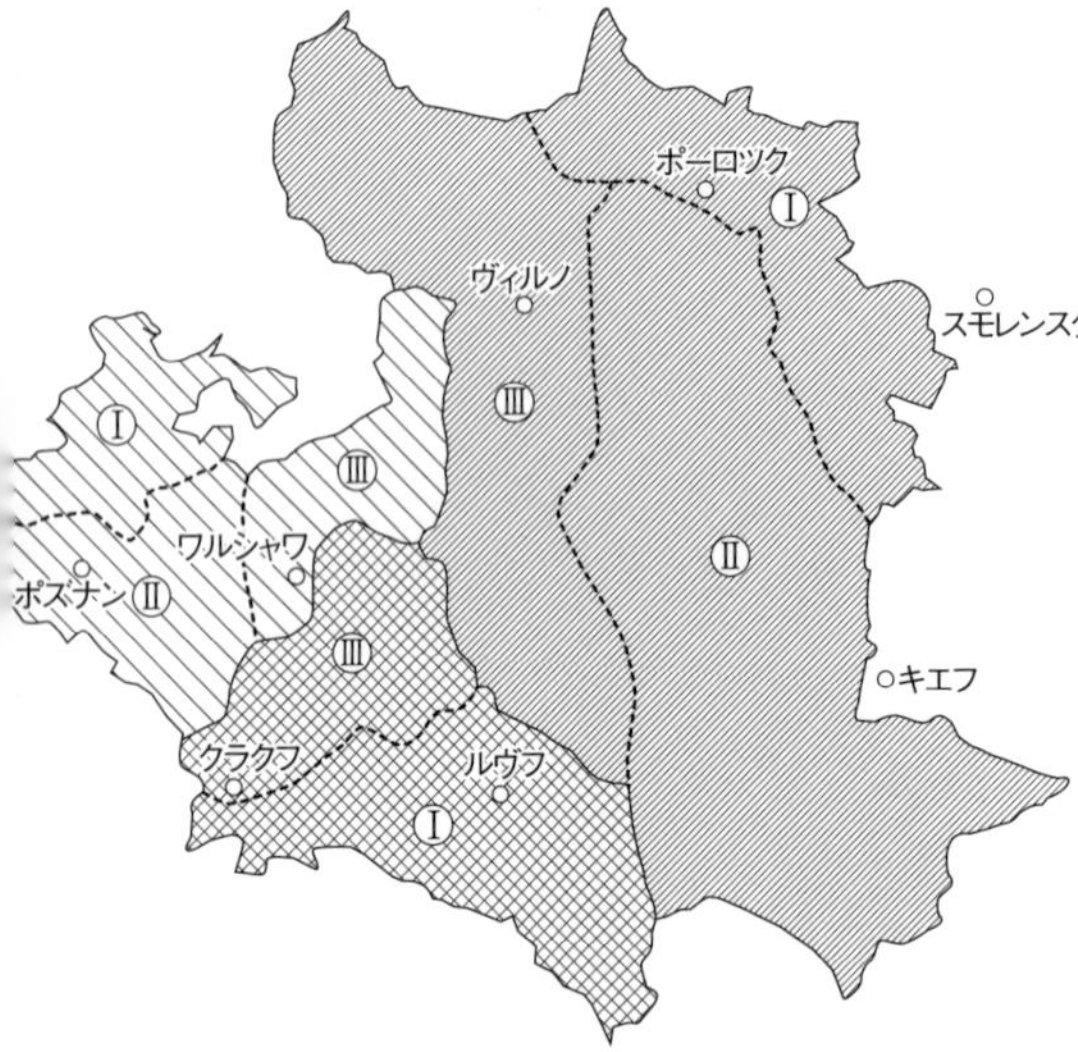

ポーランド分割図

Ⅰ 1772 年　第一次分割
Ⅱ 1793 年　第二次分割
Ⅲ 1795 年　第三次分割

ロシア領
プロイセン領
オーストリア領

19世紀中葉の東ヨーロッパ

第一章　往古の士族共和政ポーランドの歴史を訪ね歩く

早坂眞理

六年前に私は脊索腫（chordoma）という希少癌に罹り、いまも闘病中の身です。日本では毎年二〇人から三〇人程度しか発見されない希少癌の一種です。六年前に排泄機能がおかしくなり、腫瘍が大きくなりすぎたことが原因であるらしく、非常に進行性の遅い希少癌のひとつであると診断されました。重粒子線治療以外には治療方法がないといわれ、保険適用外で三百万円を現金で支払う羽目になり、退職金に手を付けざるを得ず、貧乏人には痛かったですね。二〇二〇年二月には今度は排尿がおかしくなり、六年前に照射した腫瘍が肥大して膀胱の神経を圧迫していることが原因であるとわかり、神奈川県立癌センターで三度目の重粒子線治療を受けることになりました。

いま病院の外では新型コロナ・ウィルス騒ぎで、恰も人類存亡の危機さえ叫ばれ、世間の人々が右往左往しているのを尻目に、私は呑気に治療を受けながら、頭だけはまだしっかり働いているようなので何かを残さなくてはという気持ちになり、病室にいてほかにすることもないので、パソコンに向かい、この自伝的エッセーを書いております。病院内には、絵手紙のように人を感動させるような言葉を小綺麗な和紙に紡ぎながら過ごしていらっしゃる患者さんもおります。そんな患者さんに寄り添う気持ちでこの文章をまとめております。執筆に至った具体的経緯は末尾で述べますが、軽い史学史的な読み物として読んでいただければ嬉しいですね。誰かの参考になればとの思いから備忘録として書き残すことにしました。

私は一九八〇年代のポーランドの連帯運動のみならず、一九九一～一九九二年の旧ソ連の崩壊とウクライナの独立を現地にいて、肌でその現実を知る機会を得た歴史家の端くれであることを強調したいと思います。二つの世界史的な大転換を肌で経験をした日本人はおそらく私ぐらいでしょう。本書に登場する歴史家たちの多くは碩学泰斗の領域に属す人たちで、政治的立場はそれぞれ異なります。首尾一貫した反体制を貫いた人もいれば、政治的に転向した人もおりました。私は政治分析や考察は一切しません。専門外の分野には口出しせず、自分の研究テーマからは離れず、諸先生方や友人たちに学びながら、今日まで研究生活を続けてきました。こうした私の姿勢も斟酌しながら本書に眼を通して頂ければ幸甚です。

なお、参考までに、必要最小限の文献を註に掲げたことを付記しておきます。

生い立ちと研究への道のり

私の両親は引揚者です。親の苦労話をいつも聞かされていたわが身には、東ヨーロッパで起きた住民の強制交換（repatryacja）の悲劇はとても他人事でないように思われました。わが家の正月の料理は、初日は早坂家の出身地の仙台風の味付け、二日目はハルビンにいたせいかボルシチ、三日目はみんなで餃子を作るのが正月の楽しみでした。私は一九四八年一一月一九日に北海道の大夕張の炭鉱病院で生まれました。祖父が三菱鉱業所の技師だったことと、当時としては病院設備が最も完備していたことが理由であったそうです。しかし、大夕張という炭鉱街はいまではゴーストタウンとなってしまい、昔の面影は何ひとつありません。ボタ山の景観は消え、洗炭で汚れ切った夕張川は元の清流となり、エゾシカ、キタキツネ、ヒグマが跳梁跋扈する原始の大自然が広がっているのみです。中学生のころ、父に連れられて夕張岳に登ったことがありましたが、そのせいもあって大学では山岳部に入りました。元々文科系には向かないと思い、高校時代の恩師で、旧制中学以来の生物の名物教師に憧れて農学部に進学することばかり考えておりました。恩師の期待を裏切ったのでしょうね。私たち一家は、私が一歳になる前に帯広の郊外に設けられた食糧増産基地に引っ越しました。父親がもともと満州国財務部の役人だったこともあり、経理に強かったので採用されたのでしょう。かすかな記憶をたどると、世は食料難の時代。職員の多くは大陸からの引揚者が多く、食材を求めて日本中から職探しに集まってきていたようです。そんな苦しい生活も朝鮮戦争まででした。景気がよくなると、この食糧増産基地も閉鎖されることになり、職員の多くはそれぞれ東京関西方面へ新しい生活を求めて散っていきました。私たち一家も私が小学校に入る一年前に札幌へ引っ越しし、それ以来、札幌から離れたことはありません。ですから私は札幌っ子といっていいでしょう。

　研究のきっかけとなったのは、大学に入学した年、すなわち一九六八年に世界的規模で起こった学生運動だったでしょうか。あまり勉強もせず、山登りに熱中した学生時代でしたが、ふと手にした松田道雄氏の著書『革命と市民的自由』（一九七〇年）に心を奪われました。[1] 松田氏は元々京都の小児科医で、在野の歴史家、随筆家として知られる評論家です。戦前の皇国史観批判を評論活動の矜持とし、戦後蔓延する教条主義的マルクス主義にも与せず、レーニン主義の抱える問題性に深く切り込み、ソヴィエト型マルクス主義との格闘に生涯を捧げた思想家でした。学生時代の私はレーニンの『国家と革命』や『何をなすべきか』を学問的教説と無批判に信じ、鉛筆を片手に熟読したものでした。松田氏の説得力のあるレーニン批判とそれに立ち向かう松田氏の迫力に圧倒され、その姿はとても新鮮に映り、松田氏がレーニン主義の起源とみなしたロシア・ジャコバン派に強い興味を抱きました。国家とどう向き合うべきか、市民的自由とは何なのか、が松田氏の問題関心の核心部分であったと記憶しますが、当時の日本の歴史学界は日本共産党の影響が強く、そのイデオロギーは戦後民主主義史学を補完する性格をもち、私の問題関心に沿うものとはなっておりませんでした。いまもそうですが、ロシア・ジャコバン派についてはロシア史・ソ連史の一部と思っている人

（1）松田道雄『革命と市民的自由』筑摩書房、一九七〇年。

が多いでしょう。学生時代の私もその見方から逸脱することなく、アメリカの冷戦研究に沿う形で勉強をはじめたにすぎませんでした。卒業研究は、ロシア・ジャコバン派の理論家ピョートル・トカチョーフの革命理論についてです。スターリン時代を生き抜いた古参ボリシェヴィクであった歴史家ボリス・コズィミンの研究を手掛かりに、夢中になってロシア語のトカチョーフ論集を読み耽ったものです。[2] 史料探索をしながら偶然出くわしたのがボリス・ニコラエフスキイの論文「最後のジャコバン、カスペル・ミハウ・トゥールスキ」（一九二六年）でした。[3] トゥールスキの存在に注目したのは、ニコラエフスキイ以外にはイタリアの碩学フランコ・ヴェントゥーリ教授以外におりません。ただし、ヴェントゥーリ教授の指摘は僅かに註で触れているにすぎません。[4] この二つを手がかりに研究にのめり込んでみたものの、如何せんポーランド語の知識が私にはありません。そこで無謀と思いつつ、一念発起してポーランド語学習にチャレンジしました。周りの友人たちからは「お前、頭が狂ったか」といわれたものです。冷戦時代にアメリカ政治学を学んできた某政治学の教師からは「そんな役に立たない言語を学んで何の意味があるのか」と皮肉られたものです。故人となったその某教師は体制崩壊した世界史的意味を何と思っているのでしょうか。節操のない奴だ、という気持ちはいまもぬぐい切れません。

　はじめて手にしたポーランド語テキストはボレスワフ・リマノフスキの回想録です。[5] ニコラエフスキイ論文をたどると、トゥールスキがパリ・コミューンに深くかかわったことがよくわかります。ちょうどパリ・コミューン百周年に当たり、日本でも研究が相次いでいたころでした。それにしても随分と野心的すぎるテーマにチャンレンジしたものだと我ながら感心しております。たまたま札幌に来られたフランコ・ヴェントゥーリ教授と会食したことも大きく、彼の口からのちに世話になるポーランドの歴史家イェジィ・ボレイシャ教授がこの分野の第一人者だと教えられました。ボレイシャ先生は一九六八年政変でワルシャワを逐われ、トリーノ大学のヴェントゥーリ教授の研究室に身を寄せていたらしいのです。そんな事情など私が知る由もなく、ただナロードニキ研究の延長線上くらいに無我夢中で勉強していただけだったのです。ただ無意識のうちにトゥールスキやリマノフスキの思想の背後にポーランド社会党P

PS（革命派）の影を追っていたのかも知れません。若いころの私にそんな歴史の深層を知る力量はありませんでした。加えて、ポーランドに留学してわかったことは、一九六八年政変を経たポーランドの歴史学界にはスターリン時代の教条的にレーニンの革命的民主主義に擦り合わせする姿勢はもはやなく、ナロードニキ研究にも関心が薄れておりました。ですから、ワルシャワに着いたばかりの私には何をしてよいかがわからず、途方に暮れたのも仕方ありませんでした。ともあれ、こうして私のスラヴ東欧研究の放浪生活がはじまりました。

当時は日本でポーランド史を本格的に研究する人はあまりおりませんでした。例外として阪東宏先生が共産党イデオロギーのバイアスのかかった紹介をしていたくらいです。彼の仕事も、あとで述べるステファン・キェニェヴィチ先生の著書『一月蜂起と農民問題』（一九五三年[6]）を恣意的に歪曲して日本に紹介しただけの代物だったのです（『ポーランド革命史研究』（青木書店、一九六六年）。「阪東さんの書くものはウソだ！」、と直感的に思いました。ワルシャワに着くと古書店めぐりが私の癖というか趣味となり、キェニェヴィチ先生のこの本をみつけ、購入したときは嬉しかったですね。とても難解な本で、阪東先生はよく読みこなしたものだと感心しました。もちろん彼の読み方は間違いだらけでしたが。彼に対する私の批判は、四〇数年を経て近著『近代ポーランド史の固有性と普遍性』（二〇一九年）で論じてみました。

（2）Борис Козьмин, *П. Н.Ткачев и революционное движение 1860 - х годов*, М. 1922.
（3）Борис Николаевский, *Памяти последнего якобинца - семидесятника (Гаспар Михаил Турский)*, «Каторга и Ссылка» №. 11 (1926).
（4）Franco Venturi, *The Roots of Revolution*, New York 1966.
（5）Bolesław Limanowski, *Pamiętniki (1870 - 1907)*, Warszawa 1958.
（6）Stefan Kieniewicz, *Sprawa włościańska w powstaniu styczniowym*, Warszawa 1953; 阪東宏『ポーランド革命史研究』青木書店、一九六六年。

はじめてのポーランド留学（一九七四年一一月〜一九七九年二月）

私の指導教官は阪東宏先生と同じくステファン・キェニェヴィチ先生でした。近寄りがたい風格の持ち主で、先生の前に立つと冷や汗をかくほど緊張しました。はじめてお会いしたとき、先生は「あなたはフランス語が読めますか」と質問されたので、私はとっさに「はい、読むことならできます」と答えると、先生はローマで擦り上がったばかりの論文の抜き刷り[7]をぜひ読むようにと渡してくれました。そのときまでの私のヨーロッパ史の認識範囲は国別の縦割りで、リソルジメントとスラヴ問題とが連動しているとは考えも及びませんでした。ワルシャワのオホータ区のズヴィルキ・ヴィグールィの学生寮に戻ってから、一生懸命辞書を引きながら目を通したのを思い出しますが、理解できたかどうかは自信がありませんね。キェニェヴィチ先生の論文を読みながら、ただ私は比較史の観点から明治維新を捉えるという着想を得たことは確かです。このことが一番の収穫だったですね。

ステファン・キェニェヴィチ先生

イェジィ・スコヴロネク先生

キェニェヴィチ先生は研究面、行政面で超多忙な方だったので、実質的な指導を引き受けてくれたのはイェジィ・スコヴロネク准教授でした。彼も教授資格論文の執筆中で多忙であったにもかかわらず、いつも気さくに面談に応じてくれ、また文献探索の面でも懇切丁寧にアドバイスをしてくれました。クリスマスに招いてくれたときにプレゼントされたのが、彼の教授資格論文『チャルトリィスキ派の東方バルカン政策』[8]でした。後述するように、帰国後に私が最初に上梓した『イスタンブル東方機関』（一九八七年）[9]は、スコヴロネク先生のこの本を底本にしたものです。

伊豆の別荘の書庫には、パリ・コミューンを扱ったダニエル・ボーヴォア先生編集の論集が並んでいます。当時、私がパリ・コミューン関係の史料探しをしていたのを知っていたスコヴロネク先生が、「こんな論集なんか要らないから、君にあげる」といってくれたものです。[10] 論集にはボーヴォア先生のスコヴロネク先生への献呈のことばが書かれておりました。私とボーヴォア先生とは留学時期が重なっておりません。二年ほどのズレがあります。のちにボーヴォア先生の回想録を読むと、フランスの五月革命が彼の人生の転機となったようでした。彼自身もそのころ大変辛い時期を過ごしていたらしく、フランスにはいられなくなりワルシャワ大学のフランス研究所に籍を置いてから本格的にポーランド史研究に本腰を入れることになったそうです。ワルシャワ滞在中にフランスとポーランドの学界での人脈つくりに成功し、その後パリで国家博士号を取得し、めでたくリール大学に就職できたそうです。その後の彼の活躍はめざましいものがあります。スコヴロネク先生からはボーヴォア先生にはぜひ会うように云われていたおり、のちにキエフではじめてお会いすることになります。このことは後述しましょう。

一九七六年六月にクラクフ郊外のモギラヌィでの研究集会に参加できたことも、スコヴロネク先生の好意によるもので、忘れられない記憶として残っております。この研究集会に誘ってくれたのにはわけがあって、スコヴロネク先生

（7）Stefan Kieniewicz, *La pensée de Mazzini et le mouvement national slave*, «Atti del convegno sul tema: Mazzini e l'Europa» (Roma, 9 - 10 novembre 1972), Roma 1974.

（8）Jerzy Skowronek, *Polityka bałkańska Hotelu Lambert*, Warszawa 1976.

（9）早坂眞理『イスタンブル東方機関、ポーランドの亡命愛国者』筑摩書房、一九八七年。

（10）Daniel Beauvois (red.), *Le centenaire de la Commune de Paris. Le socialisme francais et l'Europe Centrale*, Warszawa 1972; Daniel Beauvois, *Mes pierres de lune. Essai d'autobiographie professionelle*, Organon 46: 2014, Warszawa 2015.

クラクフ郊外のモギラヌィの館にて。左からコジィク准教授、スコヴロネク准教授、ズドラダ准教授、ヴァツワフ・フェルチャク准教授

イェジィ・ズドラダ先生と奥さんヴァンダ

はポーランド科学アカデミー文書館のイェジィ・ズドラダ准教授（当時）を紹介したかったのです。[11] ズドラダ先生はクラクフのヤギェウオ大学近代史講座の重鎮ヘンリク・ヴェレシツキのお弟子さんでした。ズドラダ先生はクラクフへ行くたびに宿舎の世話をしてくださり、いまも親しいお付き合いをさせていただいております。一九七八年冬にズドラダ先生はクラクフのカジミェシ地区のクラクフ教育大学の女子寮を紹介して下さったことがありました。女子寮の病人隔離部屋がたまたま空いていたので、この隔離部屋を私のために充てがってくれたのです。三人部屋で、同室者にはベラルーシの言語学者Ａ・Ｍ・ブルィカ氏と、そして今日まで長い付き合い[12]が続いている、当時はウクライナのドニエプロペトロフスク大学の准教授ユーリ・ムィツィク君がおりました。ムィツィク君は国からサロという豚の脂身の燻製をもってきたから「お前も食べろ」といって、ウクライナの黒パンと一緒に無理やり食べさせられましたが、はじめてのことで口に合わなかったですね。のちにウクライナに行くようになってからは癖になって、これがなければホリウカ（ウクライナの火酒）は呑めなくなりました。彼は奥さんもクラクフに一緒に連れ

ユーリ・ムィツィク君。ドニエプロペトロフスク市にて奥さんと娘インナと一緒に

てきたかったようですが、当時のソ連とポーランドの関係は同じ社会主義圏といっても鎖国に近い状態にあり、許可されなかったことを嘆いていました。ベラルーシの言語学者ブルィカ氏は古ベラルーシ語の専門家で、そのときすでに著書をものにしており、すでに学界で中堅の地位を固めた男でした。リトアニア法典が古ベラルーシ語であると語る彼のことばは強烈な印象として私の耳元に残り、そのことがのちに拙著『ベラルーシ、境領域の歴史学』（二〇一二年）[13]の第四章でリトアニア法典の歴史的意義を叙述する上で参考になりました。その後彼と会うことはありませんでしたが、ベラルーシのアカデミー言語部門で要職に就いたことをあとになって知りました。彼は所持していた著書を私にプレゼントしてくれ、いまも別荘の書斎のベラルーシ・コーナーに並んでおります[14]。

ズドラダ先生に紹介されたヤギェウォ大学のウクライナ史研究者のヤン・コジィク准教授のことが忘れられません。彼に面談をお願いしたとき、病弱で話すのもかなり辛かったにもかかわらず、わざわざ自宅に招いてくれ、短い時間でしたがガリツィアの民族問題に関する貴重なお話を聞かせていただきました。彼は惜しまれながら、四〇歳の若さで亡くなりました。伊豆の別荘の書架には彼の著書が並んでおります

（11）Jerzy Zdrada, *Zmierzch czartorykich*, Warszawa 1969; tenże, *Jarosław Dąbrowski 1836 - 1871*, Kraków 1973.

（12）Юрий Мыцык, *Джерела з історії Національно - визвольної війни українського народу середини XVII століття*, Дніпропетровськ, 1996; *Чигирин - гетьманська столиця*, Киев 2007; *Джерела з історії Національно-визвольної війни українського народу 1648-1658*, Киев 2012-2015. – т. 1 - 4.

（13）早坂眞理『ベラルーシ、境界領域の歴史学』彩流社、二〇一二年。

（14）А. М. Булыка, Развіцце артаграфічнай сістэмы старабеларускай мовы, Мінск 1970; Даунія запазычанні беларускай мовы, Минск 1972.

が、いまだ目を通すには至っておりません。[15] モギラヌィのアカデミー主催の研究会には旧ソ連から三名の研究者、イリヤ・ミルレル教授、Ｂ・И・フレイゾン教授そしてウラディーミル・ディヤコフ教授が招聘されて来ておりました。私がディヤコフ先生と親しくなったのには、こんなエピソードがあります。モギラヌィの駅から館（アカデミーの施設）まではバスで移動するのですが、途中でバスがエンストしてしまい歩くことになりました。館までの道すがら私はディヤコフ先生に図々しくもたどたどしいロシア語で会話を試みたのです。何を話したかはよく覚えておりません。それでも先生は私のことをよく覚えていてくれ、のちに私がモスクワ研修の希望を伝える手紙を書いたところ、親切な手紙を添えて招請状を送ってくれたのです。まだソヴィエト時代のことでした。モギラヌィの研究会の総合司会を務めたのはキェニェヴィチ教授でした。基調報告を行ったのはユーゼフ・フレボフチク教授です。[16] 質疑応答の際に五〇年代初頭にスターリン主義者として名を馳せたツェリーナ・ボビンスカ教授が茶々を入れると、後ろに座っていたズドラダ先生はひそひそ声で「彼女の時代はもう終わったのに」とニヤニヤ笑っておりました。会議の終了後、近くの居酒屋でユーゼフ・フレボフチク教授らとビールを飲んだのを思い出します。この研究集会はハプスブルク帝国史に関する諸問題をテーマに、モスクワのスラヴ学バルカン学研究所の研究員が各国を個別に訪問し、当該国の研究者と意見交換をし、その成果を踏まえて論集にまとめ上げるという企画だったようです。ハプスブルク帝国の少数民族問題の研究者として著名なフレボフチク教授は饒舌で、ビール好きの面白い人でした。この研究会に参加できたおかげで、彼の業績を身近に触れることができたのは大収穫でしたね。

　直接の研究とは関係ありませんが、学生寮で仲良くなり、のちにポーランド外務省の中東専門家となったレシェク・ファシチャ君のことに触れておきましょう。彼とはいまも長い付き合いが続いております。突然の、あるいは唐突な彼の誘いでトルコの小アジア側にあるポーランド人入植地ポロネズキョイ（アダムポル）に行ったことがありました。彼は有名なエスペラントの創案者ワザシ・ザメンホフの生まれ故郷である東部のビャウィストクの出身です。親しくなってからはクリスマスや復活祭のときには自宅に招いてくれ、ヨーロッパ野牛が生息する近くのビャウォ

レシェク・ファシチャ君と寮時代の仲間たち

ビャウィストクのファシチャ君一家

ヴェジャの自然公園に連れて行ってくれたこともありました。とにかく語学が堪能な男で、ベルリンに行くとドイツ語を流暢に話し、ブダペストに行くとハンガリー語を話し、トルコに行くとトルコ語を話すという得意技のもち主でした。連帯政権が発足するまではよい就職先がなくて苦労しておりましたが、時代が変わると外務省の組織替えにともなってうまく就職でき、そのあとはトントン拍子に出世し、中東各地の在外公館に勤務することになりました。ベイルート駐在公使を務めたあと最後の赴任地はイスタンブル駐在公使であったそうです。いまはリタイアしてワルシャワ郊外に家を構えておりますが、一度お邪魔したときはベイルートから移植した、二メートルほどに成長したレバノン杉を自慢げにみせてくれました。ポーランドは寒すぎるので、これほどまでに成長するのは稀なんだそうです。彼との付き合いも四〇年以上になりますが、曰く、「今度来るときは学生寮以来の付き合い五〇周年記念をやろう」と言って別れました。私にとってポロネズキョイ（アダムポル）行きは、一世一代の大冒険でした。とにかくワルシャワ、ベルリン、プラハ、ウィーン、ブダペスト、ブカレスト、イスタンブル、そして小アジ

(15) Jan Kozik, *Ukraiński ruch narodowy w Galicji w latach 1830 - 1848*, Kraków 1973; tenże, *Między reakcją a rewolucją. Studia z dziejów ukraińskiego ruchu narodowego w Galicji w latach 1848 - 1849*, Kraków 1975.

(16) Józef Chlebowczyk, *Procesy narodotwórcze we Wschodniej Europie Środkowej w dobie kapitalizmu (od schyłku XVIII do początków XX w.)*, Warszawa - Kraków 1975; tenże, *On Small and Young Nations in Europe. Nation - Forming Processes in Ethnic Borderlands in East - Central Europe*, Wrocław 1980.

ルドヴィカ・シニャデツカの墓

ポロネズキョイ（アダムポル）にて。27歳の私

ア側のポーランド人入植地ポロネズキョイ（アダムポル）までの自動車旅行は、生涯忘れられない破天荒な旅でした。とはいえ、珍道中だらけだったわけではありません。私にも多少の歴史の基礎知識はあって、ポロネズキョイの小高い丘に立つルドヴィカ・シニャデツカの墓標の前に立ったとき、目を閉じて心のなかで黒海の彼方に遠くウクライナを眺め、リトアニア・ベラルーシの歴史に思いを馳せることができました。この墓標は、のちに私のイスタンブル東方機関の歴史に関する考察に結実するきっかけを与えてくれたことはまちがいありません。詳細は拙著をご覧ください。

この間、パリで研修するというありがたい機会にも恵まれました。パリへ出発する直前の夏、学生サークルに誘われてクラクフの南のカルヴァリア・ゼブジィドフスキの修道院に一週間ほど滞在したことがありました。たまたま裏山にある十字架の道行きを歩いているときに、一年後にローマ教皇に選出される枢機卿カロル・ヴォイティワ（教皇ヨハネ・パウロ二世）と会う僥倖に恵まれました。車座になって、よく覚えておりませんが何やら話をした思い出があります。ワルシャワでは、ワルシャワ大学文献学部ポーランド学科のズビグニェフ・スードルスキ先生の奥さんウルシュラさんから個人

スードルスキ先生一家

的にフランス語の会話指導をしていただきました。ズィクムント・クラシンスキの文学作品に造詣の深いスードルスキ先生からはロマン主義文学全般について教えていただき、ご夫婦にお世話になったおかげでパリ行きが実現しました。[17] ワルシャワ郊外のご夫婦の別荘に三週間ほど招かれたこともあり、そのときの楽しい思い出は忘れることはできません。パリでの研究生活は本当に楽しかった。パリの思い出として忘れられないのは、スードルスキ先生に紹介していただいた方で、ポーランド図書館（Bibliothèque Polonaise）に通っていたときにお世話してくださったルヴフ出身の司書のヴァンダ・ボルコフスカ女史のことです。男勝りの元気な女性で、亡命ポーランド史の生き字引のような方でした。朝は必ず一〇時に近くのカフェへ立ち寄って、コーヒー一杯とコニャックを傾け、それから仕事に向かうのが日課という方でした。

　パリには亡命ロシア人図書館も（Bibliothèque Slave）もあって、ここの司書をしていたマリア・クラーキナという女性がおりました。彼女は国内戦のときの白衛軍の大将の娘だったとか。彼女には一九世紀の亡命ロシア人の文献をたくさん紹介していただきました。パリで住まいを提供してくれたのは、一八区に住むデュランさん一家でした。奥さんの妹さんがピレネーに避暑に行くので、一六区の家が空いているから使いなさいというのです。そればかりか、毎日曜日、デュランさん一家に夕食に招かれ、フランス料理とそのマナーを教えていただきました。おいしいフランス料理もごちそうになりましたが、私のフランス語能力には限界があり、ポーランド語が災いしてぎこちなかったのでしょう。つまり、頭のなかにはポーランド語のフレーズがいっぱいで、フランス語に機械的に翻訳していたにす

（17） Zbigniew Sudolski, *Zygmunt Krasiński. Opowieść biograficzna*, Warszawa 1977.

ぎなかったのですから。ムシュー・デュランには「もっとフランスのことを勉強しなさい」と説教され、パスカルの『パンセ』を頂戴しました。この本も思い出の品として伊豆の別荘の書架に並べてあります。そんなわけで、彼らの好意のおかげで家賃もタダ、モンパルナスの高級住宅街に住む贅沢を味わい、貧乏留学生の私でも優雅なパリジャン気分を味わうことができました。フランス語の習得ばかりでなく、パリにあるスラヴ関係の研究施設を訪問し、国立図書館（BN）はもとより、スラヴ研究所や、前に述べたポーランド図書館や亡命ロシア人のスラヴ図書館などを訪問し、文献の必要な個所を手書きしたものです。そのときの手書き史料はいまも伊豆の別荘に保管してあります。思い出というのは、楽しいことも辛いこと、悲しいことも両方あって忘れられないものですね。ワルシャワに戻り、ウルシュラさんのところに行くと、「あなたはフランス語も上手になったけれど、ポーランド語が本当に上手になりましたね」と褒めてくれました。このとき以来私は彼女から頂戴した『簡易ポーランド語フランス語辞典(Podręczny słownik polsko - francuzki)』を手元に置き、フランス語を忘れないためにもいつもこれを利用しております。いまも背表紙ははがれず、棺桶に入るときには一緒になかに入れてもらおうかな。

楽しかったパリでの研究生活を経たあとから、本格的に研究をスタートさせたといっても過言ではありません。本当の意味で充実したポーランド留学生活がはじまったと思います。クラクフのチャルトリィスキ文書館をはじめ、クールニク文書館などでの史料探索に没頭しました。この間、恥も外聞もなくキェニェヴィチ教授のゼミで何回か稚拙なゼミ報告をさせてもらいました。報告原稿はいまも捨てずに伊豆の別荘の書架に並んでいます。

とはいえ、スコヴロネク教授の指導下、チャルトリィスキ派の農民問題から民族問題へと大きく関心を広げてみたものの、当時の私には如何せん学問的基礎が決定的に欠けていました。一九七八年に最初の論文「ヴァレリアン・カリンカの保守主義思想」を公表しましたが、酷評されても仕方のない代物ものでした。帰国する半年前の夏の終わり、国立図書館に座っていたときの愕然とした思い出がありました。ポーランドの近代歴史学について自分がいかに無知であったか、教条的な社会主義史観に災いされ過ぎていなかったか、アメリカの冷戦研究に拘束され過ぎていなかっ

アンジェイ・ヴァリツキ教授。ジェラゾヴァ・ヴォラのショパンの生家にて

たか、反省すべきことがあまりにも多いことに気が付きました。目を覚ますきっかけは、ポーランドの国家学派、すなわちクラクフ歴史学派の創始者と呼ばれるヴァレリアン・カリンカの『スタニスワフ・アウグストの統治の数年間[18]』の冒頭の「ポーランド人自身が破局の責任」という悲痛な自己批判のことばに触れたときでした。このことばに込められたカリンカの屈折した国家観に当惑してしまったのです。このときふとアンジェイ・ヴァリツキ教授に示唆されたヤン・アダムスの研究[19]が頭に浮かびました。アダムスが提起するポーランド史学思想における立憲君主政史観と共和主義史観の対抗関係の図式に私の疑問を当て嵌めれば、問題解決の糸口になるのではないかと直感的に思ったのです。このときの思いつきこそ、現在もなお変わることのない私の心構えとなっているものです。気が付いてみれば、クラクフ歴史学派を代表するボブジンスキ史学が目の前に聳え立っていたのです。とても若輩の私が越えられる壁ではありませんでした。しかし、当時は「ときすでに遅く」、それまで積み重ねてきた仕事はすべてチャラになってしまい、頭の中が真っ白になってしまいました。残りの滞在期間を大切に使おうと思い、必要な文献史料の収拾に充てることにしたのです。いま思えば、あのとき気が付いていて本当によかったですね。回り道をしましたが、今日の私の研究の基礎となっているものこそ、あのときに得た着想と無我夢中で収拾した文献だったからです。あれから四〇年以上が経過し、ようやくボブジンスキ史学の壁を超え

（18）Walerian Kalinka, *Ostatnie lata panowania Stanisława Augusta*, Paryż 1868.
（19）Jan Adamus, *Monarchizm i republikanizm w syntezie dziejów Polski*, Łódź 1962.

られる方略がみえてきたのかな、というのが今の心境です。

ワルシャワでは日本人とはほとんど付き合いのなかった私ですが、いまも付き合いのある例外的な人物がおります。それは岩田昌征先生です。飾らない先生の人柄はとても印象的でした。ある日、偶然街中で出会い、彼の家で肉なしカレーを二人で食べたことがありました。そのときだったか、勉強の仕方が話題となりました。岩田先生によると、研究を進めていくと、どうしてもうまくいかないことが起きる。たとえばAというテーマに没頭して研究を続けていても、途中でうまくいかなくなる。そうしたらBというテーマに切り替えてみる。しかし、これもうまくいかなくなると、今度はCというテーマに代えてみる。これも挫折すると、もう一度振り出しに戻ってAに再チャレンジする。そうすると、なぜか不思議なことにいとも簡単に答えがみえてきて論文が仕上がってしまう。続けてテーマBに取り組んでみると、不思議とこれもうまくいく。さらにテーマCに取り組んでみると、これもうまくいく。あっという間に、論文三本出来上がりです。岩田先生のこのアドバイスはいまも忘れられません。これまで何冊か著書をまとめられたのも、岩田先生のこのアドバイスをバカ正直に信じてきたおかげなのでしょう。

帰国前の大切な思い出は、一九七八年八月末のポドラシエ旅行です。スヴァウキ湖沼地帯でキャンプをしたあと、エンジニアの友人ヴィエスワフ・オシェーユク君が「俺の田舎に行くから、お前も行かないか」と誘ってくれたのです。旧ユーゴスラヴィア製の自動車ザスタヴァでスヴァウキ湖沼地帯から南へ下り、ビャウィストクを経てビェルスコ・ポドラスキ、シェマトィチェを経てブーク河沿いを南下し、彼の故郷スワヴァトィチェ村に向かいました。この村で一週間過ごしたことは、私がベラルーシ研究へ踏み出す第一歩となりました。滞在中、百年以上前に建てられたという木造の彼の祖父の家に寝泊まりし、昔の東部ポーランドの田舎暮らしを満喫しました。祖父は当時九〇歳、話す言葉はいくら聞いてもよく分かりません。オシェーユク君が通訳してくれ、オシェーユク君の祖父の語り口を通して、ポドラシエ地方の合同教会派の歴史、そして弾圧の模様、そしてストルィピン時代の迫害の経緯をつぶさに知ることができました。とはいっても、このテーマに関して当時の私はまったくの素人で、耳学問でしかありませんでし

ヴィェスワフ・オシェーユク君と奥さんのバーシャ

た。滞在中、オシェーユク君は自分の自慢の車で近くのコデンの教会やサピエハの宮殿跡に連れて行ってくれ、またイグナツィ・クラシェフスキの館にも案内してくれました。スワヴァトィチェ村の中心部にある正教会の神父さんから、ポドラシエ地方の歴史を熟知する郷土史家のイエズス会士アレクアンドロヴィチ神父を紹介されました。ワルシャワに戻ってからさっそくアレクサンドロヴィチ神父を訪問することにしました。訪問したことは本当によかったですね。彼の著書[20]を頂戴したほか、合同教会派に関する貴重な文献を教えてもらいました。ポドラシエ地方の旅行中、夢中で撮った写真は貴重な史料として、やがてのちの拙著『ベラルーシ、境界領域の歴史学』（二〇一二年）に収録しました。私にとってオシェーユク君はまさにベラルーシ研究の導き手であり、恩人だったのです。感謝のことばしかありません。拙著の刊行後、一冊は彼に献本し、もう一冊はスワヴァトィチェ村の彼の祖父の家に記念に置いてもらいました。青春の思い出の一コマです。

帰国する際に困ったことがひとつありました。それは飛行機の切符をどうするかでした。札幌のアホ教師から私の住所を教えてもらったのか、日本からワルシャワの私の家にまで押しかけてきた男がおりました。行きたくもないアウシュヴィッツ強制収容所まで案内させられ、うんざりしましたが、せっかく世話をしたのだからと彼に甘い期待

(20) Ks. Piotr Aleksandrowicz, *Diecezja siedlecka czyli podlaska: w 150 rocznicę erekcji 1818 - 1968: przyczynki i materiały do dziejów diecezji siedleckiej czyli podlaskiej*, Siedlce, 1971.

をしたのがそもそものまちがいでした。その男に何度も念を押して帰国便の航空券の手配をお願いしたにもかかわらず、返事がないのです。帰国して分かったことは、ケロッと忘れていたのです。その後、その男はアホ教師に煽られ、適当に利用され、挙句の果ては家庭崩壊です。もっとも自分の足元に気が付かない本人が悪いのですが、ダメな奴は治しようがないですね。頭にきました。たまたまワルシャワで帝政ロシア時代の名門貴族ズーボフ家の人が助けの手を差し伸べてくれました。その人がアエロフロートの安い航空券の手配をしてくれたのです。一家はベルギーのブリュッセルの高級住宅街に豪邸を構える亡命ロシア人で、帰国するときには家に寄って行けというので、好意に甘えることにしました。充てがわれた私の部屋にはコサック兵を従えたニコライ一世の肖像画が掛かっていて、いかにも帝政ロシアの大貴族の雰囲気を漂わせる四階建ての豪邸でしたね。ルクセンブルク－成田間の航空券の予約は済んでいるとのこと、出発まで日数があるからブリュージュの知り合いにぜひ会っていけというのです。ブリュージュへ行ってみると、マルチンというポーランド人が待っていました。彼はＥＵ共同体が経営するヨーロッパ・カレッジに在籍していて、私にもゼミに出ないかと誘ってくれました。ＥＵ共同体におけるフランスの軍事システムがゼミのテーマでした。終わってから彼にブリュージュの旧市街を案内され、ビールをご馳走になりました。ブリュッセルに戻って、「彼はどうやって生計を立てているんだ」とズーボフ家の人に尋ねると、返ってきた答えは、「この地方ではダイヤの密輸が横行しているの。彼はシベリア・ルートで密輸業に手を染め、それで生計を立てているんだよ」「ダイヤモンドのロンダリングはここでは当たり前なんだ」と言われ、このことばが頭にこびりついて離れません。以来帰国後、私はデパートの宝飾品コーナーに行くことはありません。偏見かも知れませんが、ショーウィンドウに飾ってあるダイヤモンドはどうせインチキだろう、と思うからです。因みに、マルチン君の母親は反体制派の活動家で、一九六八年政変でポーランドを追放された人でした。生きていくためには何でもするんだな、と思いましたね。予約された飛行機はシャルル・ド・ゴール空港発に変更になったため、急遽ブリュッセルをあとにしてパリへ向かいました。パリでは二年前にお世話になったデュランさん一家に挨拶に伺いました。飛行機に乗ると、日本はもうすぐだと思いました。四年前を振り返ると、往路は横浜から船出してナホトカへ向かい、そこからシベリア鉄道でハバロフスクまで汽車の旅。そこからソ連の飛行機イリューシン62型でモスクワへ飛び、十月革命記念日のモスクワで軍事パレードをみたあと白ロシア駅から国際列車ウィンナーワルツ号でワルシャワへ向かいました。こんな旅行も遠い昔話のようですね。私が出発したころは三里塚闘争が熱を帯びていたころで、とても成田空港が竣工しているとは思えませんでした。ベトナム戦争もまだ終結しておりませんでした。隔世の感がありましたね。

南高時代の友人たちと一緒に。左から鈴木文男君と佐藤君の奥さん。そして私と佐藤力君

さらば！　蝦夷地よ。最初の赴任地、茨城大学時代

四年半にわたる留学生活で体力的にも緊張状態が極限に達していたのでしょう。満身創痍の状態で帰国した私を、医者や歯科医をしている高校時代の友人たちが親身になって助けてくれましたね。大学の周囲の無理解と嫉妬のせいか、息苦しい地獄の日々が四年間続きました。誰も助けてくれないんだと思っていたところ、隣の東洋史学科の旧知の友人が私のことを覚えていてくれ、ようやく共通言語を見出すことができました。まともな議論さえ許さない、知的レベルの低い環境のなかで、「歴史意識と民族史叙述」という大それたテーマを掲げたことも火に油を注いだのかも知れません。若いくせに背伸びした題目を掲げるなど生意気だというのが教師側の思いだったのもわからないでもありません。教師とは一切口も利かなくなりました。悪口を言えば、「見栄っ張りの政治屋」、「嫉妬に狂ったマージャン教師」、「五時か

北大山岳部入部五〇周年記念の同窓会。ヘルベチア・ヒュッテにて。手前の左から私と伊藤茂男君。中段左から平野逸夫君と北村眞君。後段左から柏原潔君と竹田英世君

ら男のススキノ直行便」、「冬眠中のヒグマ」、「全共闘の仮面を被った保守反動」、こんな連中と付き合っても仕方ないと思いました。「ふざけるな。俺はマージャンをするために日本に帰ってきたのではないぞ」と心のなかでいつも叫んでおりました。教師の口車に載せられ、煽られて家庭崩壊に追い込まれた奴もいました。もちろん、自分の身に危険が迫っているのに気付かない本人が一番悪いのですが。私の両親にスキーのリフト券をせびるようでは話になりません。嫌味と皮肉で学生は動かないということがわからないのでしょう。性格の弱いひとは手稲山で首を吊るしかない、そんな雰囲気でしたね。私は学生時代、山岳部に身を置き、日高山脈を踏破してきた人間です。体力では絶対に負けない、という自信がありました。そうした自負心をもって未熟ではありましたが、「ニコライ・カレーエフとクラクフ歴史学派、一九世紀後半のロシア史学とポーランド史学の一致について」と「ポーランド史学思想史におけるクラクフ歴史学派批判と最近の研究動向」の二本をまとめてみました。孤独感に打ちのめされているときに、連帯派の経済顧問を勤めていたヤヌシ・ベクシャク教授が札幌にやってきました。ポーランド語ができる人間は札幌にはいなかったので日々の生活のお世話をする羽目になりましたが、私にとっては救われるひとときでしたね。お世話するといっても、実際は私の両親は振り廻されっぱなしで、正直言って迷惑を感じ、ときに腹立たしさをぶちまけるとき

日本山岳会の法被姿のヤヌシ・ベクシャク先生。北大山岳部の土屋彦先輩（前列右端）の案内で。余市岳にて

もありました。しかし、ベクシャク先生は誰からも好かれる大変な人格者でした。週末は札幌の周囲の山々を案内しながら、私はポーランド語が話せる幸せを享受することができました。

そのころの私はたまたま余技として、連帯運動の指導者ブロニスワフ・ゲレメクの社会史研究についても研究しておりました。札幌での貧乏暮らしながら静かに研究できたことは幸運であったのかも知れません。ゲレメクの著書『憐れみとしなり首――ヨーロッパの貧民』（平凡社、一九九三年）を上梓した際、その「あとがき」にこう書き記しました。「札幌の地にあって、激しく揺れ動くポーランドの政治情勢からいささか距離を置きながら、歴史家としてのゲレメクの片鱗に触れることができたことを幸せに思っている」と。言い換えれば、このことばは首都圏の〝連帯運動バカ騒ぎ〟に対する最大限の私の皮肉なのです。連帯運動支援と称してバカ騒ぎする連中は、私によれば、生ごみにたかるハエのようなものです。のちにワルシャワでベクシャク先生のご自宅で若い人たちが集う席に私も連なる機会があったときの印象ですが、ベクシャク先生のような人間力に溢れる立派な人柄だからこそ、ワルシャワの若い人たちが結束して連帯運動を支えたのだということがよくわかりました。ベクシャク先生は帰国後もいろいろとアドバイスをしてくれ、後述するゲレメク教授に私のことをお話ししてくれたそうです。もっとも直接の紹介者は、ポズナンで開催されたポーランド歴史家大会でのズドラダ先生だったと思います。そんな辛い生活を続けていた私もようやく一九八三年春、茨城大学へ就職が決まりました。札幌の大学社会は厄介者の私を何とか追い出したかったのでしょう。まともな研究発表の機会さえ与えなかったのですから。

前にも述べたように、救いの手を差し伸べてくれたのは隣の東洋史研究室でした。チャルトリィスキ派の東方バルカン政策について報告を頼まれ、同研究室の雑誌に掲載された報告原稿が茨城大学の教員選考委員会で評価され、採用に繋がったようです。人生とはまったくわからないものですね。札幌の街は故郷でも何でもなく、嫌味と皮肉に満ちた街だったという印象しか残りませんでした。高校時代の友人とはいまも付き合いはありますが、私にはもはや無縁の街となりました。幼いころから仰ぎ見た藻岩山や手稲山、そして豊平川の清流も遠い過去のものとなりました。札幌を離れるとき、飛行機で蝦夷地を離れるのでは芸はないと思い、札幌駅で汽車に乗り、当時はまだ運航していた青函連絡船に乗って蝦夷地を離れることにしました。函館に立ち寄ると、従兄の嫁さんが「マコトさん、どこに行くの」と聞くので、「水戸に行く」と答えると、彼女は「あらそう、うちは水戸藩よ」という答えが返ってきました。水戸と御縁があったのかなと思いました。

水戸在勤中の一三年間、一番勉強したことは何ですかと問われると、私は即座に日本史研究（自国史研究）です、と答えることにしております。常陸風土記の世界にはじまり、幕藩体制から近現代史に至るまで万遍なく、体系的に自分のものとして獲得することに努めました。もちろん専門家になるつもりではありません。自分の知的な基礎体力をつけるためです。その意味で地方大学の茨城大学は私にとって最適な学び舎でした。水戸徳川家の『大日本史』はもとより、幕末の水戸学、国学思想、幕藩体制、幕府官僚制、日本ナショナリズの源流、近代の地主制度、橘孝三郎の農民運動、昭和維新、太平洋戦争に至る国粋思想の伸長など様々な角度から学ぶことができました。東大の史料編纂所から来られた先生から、日本史の史料探索の方法を教えてもらったことも大きかったですね。水戸滞在中に世話になった忘れられない人物として、加藤尚文氏の名前を挙げておきたいと思います。奥さんが私の母親の高等女学校の後輩であったこともあって、大変可愛がられました。彼は慶応大学経済学部出身、学徒動員で霞ケ浦航空隊に配属されて終戦を迎えた人でした。在野の評論家として活躍する彼から、日本近代政治思想の要諦、農民運動と右翼思想の関連性などを徹底的に叩き込まれました。彼の語り口は、そんじょそこら大学の先生よりも迫力がありましたね。威勢のよかった彼も七〇歳を超えてから認知症となり、私が東工大へ配置換えになるとともにこの世を去りました。葬儀のときに私はこう思いました。「俺もそろそろ独り立ちしなくてはいけないな」と。振り返ってみると、残念ながら、茨城大学の教員の質はあまり高くはありませんでしたね。

　札幌を離れる前でしたか、著名な出版社「筑摩書房」からイスタンブル東方機関に関する著書をまとめることを依頼されていました。前に述べたように、スコヴロネク先生からもらった著書を底本とはしたものの、方法論的枠組みをさらに深化させる必要から、改めて丸山眞男の『日本政治思想史研究』[21]の基本モチーフである「自然から作為へ」を学び直し、これを根幹に据えることにしました。近代ナショナリズム、ネイション形成の比較形成という点では丸山眞男の右に出る者はいないでしょう。私にとって終生変わらぬ座右の書となりました。『イスタンブル東方機関』をまとめ上げる際、私はフランス語、ロシア語、ポーランド語、そのほかスラヴ系諸語の文献を参照しただけでしたが、近年のトルコの研究者によるオスマン語の史料を駆使した研究[22]を読むと、私の研究もオスマン語史料でもしっかりと裏付けられていることがよくわかり、安心しました。『イスタンブル東方機関』は大成功を収め、国内の東洋史研究者のあいだでは西洋史と東洋史を繋ぐ研究として拍手喝采を受けましたが、肝心のロシア東欧研究者は沈黙したのです。あまつさえこんな噂さえ私の耳に響いてきました。「早坂は留学してきたからこれだけの業績を上げたのだ。

(21) 丸山眞男『日本政治思想史研究』東京大学出版会、一九五二年。

(22) Candem Badem, The *Question of the Equality of Non - Muslims in the Ottoman Empire during the Crimean War (1853 - 1856)*, [w:] Jerzy Borejsza (ed.), *The CrimeanWar 1853 - 1856. Colonial Skirmish or Rehearsal for World War? Empires, Nations, and Individuals*, Warsaw 2011, pp.79 - 90; Candem Badem, *Sadık Pasha in the Light of the Ottoman Archives (1848 - 1871)*, op. cit., s. 91 - 109.

自分たちは留学できないから駄目なのだ」という嫉妬の籠ったやっかみが耳に響いてくる有様だったのです。当時は旧ソ連（ロシア）へ留学するチャンスはなかったせいか、羨ましかったのでしょう。いまだって状況に変わりありません。ロシア東欧の研究者と称している人たちのどれだけのひとが、まともな業績を挙げているといえるのでしょうか。史料探索と称してゴミ漁りしているだけの人が多いのが目につきます。私のポーランド留学時代に身に着けた心構えは、学術書は最低二冊まとめられなければ学者ではないということでした。ひとつは博士論文相当、二冊目は教授資格論文相当の著書をまとめ上げることです。しっかりした学術書を二冊書けなければ学者としての存在理由はない、というのがいまも変わらない私の信条です。しかし、この理屈がわかっていない人が日本の学界には多すぎます。私は『イスタンブル東方機関』で成功を収めましたが、当時の私が悩んだことは、二冊目のテーマをどうするかということでした。『イスタンブル東方機関』の成功もあって、原稿依頼が舞い込み、私もそれに煽られる毎日でしたが、私が一念発起して取り組んだのは学生時代のテーマであった「ロシア・ジャコバン派研究」を復活させることでした。

出版の依頼が相次いだなかのひとつがブロニスワフ・ゲレメクの『憐れみと縛り首』[23]の翻訳です。一番辛かった札幌滞在中にポーランドの社会史研究に関心をもち、ゲレメクの学問形成の過程を洗い出しているうちに面白くなって夢中で彼の論文や研究書などを読み漁り、中途半端ながら論文「ポーランドの社会史研究、社会の周縁性をめぐって」[24]をまとめておいたことが役に立ちました。これが出版社「平凡社」の編集者の目に留まったのでしょうか。当時日本の歴史学界はアナール派が全盛で、「アナール派にあらざれば歴史家に非ず」という風潮があり、少々鼻について仕方ありませんでした。ゲレメクもフランスのアナール派のひとりとみなされていたのでしょう。出版社の方もそのつもりで私に依頼してきたのです。しかし、私はゲレメクの研究方法論の骨格をなすポーランドの社会研究に関心を向けました。ステファン・チャルノフスキの「暴力に奉仕する無用な人々（ludzie zbędni w służbie przemocy）」[25]がゲレメクの歴史学の原点であること着目し、ここを出発点としてチャルノフスキの弟子ニーナ・アッソロドーブライの優れた歴史社会学研究『初期労働者階級、スタニスワフ・アウグスト時代のポーランドの工業化における労働力の問題』[26]

スワボミル・カレンプカ先生

の分析紹介へと進み、一八世紀末の大改革時代がまさに大量に発生した「社会の周縁性」の監視と規律による国家管理であり、それを基礎とした国家改造であったという見事な結論の引き方に強い感銘を受けました。元々ポーランドの歴史学界とフランスの歴史学界には深い交流の歴史があり、ヴィトルト・クーラの「異時間帯の共生状態（koegzystencja asynchronizmów）」[27]というテーゼがフェルナン・ブローデルの「長期的持続（la longue durée）」に符合するものであることはよく知られています。彼らに共通するこのテーゼは、やがて私の東欧ナショナリズム論を深めていく上で大いに役立つことになります。ポーランドの中世史、近世史研究における歴史社会学の方法の源流がデュルケーム学派を継承するステファン・チャルノフスキに遡ることができると確信したことは、私にとって苦しい時期に得た素晴らしい成果であったといまでは自負しております。

　この間、何度かポーランドへ行く機会がありました。トルンのコペルニクス大学のスワボミル・カレンプカ教授の世話で、ポーランド歴史家大会に何度か参加する機会がありました。参加する度にカレンプカ教授の口添えでトルン大学の図書館で必要な史料、とりわけのちのリトアニア・ベラルーシの郷土派（krajowcy）関連の文献をコピーしていただいたことはその後の研究の大きな布石なったと思います。カレンプカ教授は元々ヴィルノ市生まれ。一〇歳のときに強制移住に遭った人です。リトアニアの反体制運動「サユディス」の指導者チェスワフ・オキンチッツとは幼友

（23）Bronisław *Geremek. Litość i szubienica. Dzieje nędzy i miłosierdzia*, Warszawa 1989.
（24）早坂眞理「ポーランドの社会史研究」『北大史学』第二三号（一九八三年）。二七～三四頁。
（25）Stefan Czarnowski, *Ludzie zbędni w służbie przemocy*, [w:] Stefan Czarnowski, *Dzieła*, t. II, Warszawa 1956, s. 186 - 197.
（26）Nina Assorodobraj, *Początki klasy robotniczej. Problem rąk robotniczych w przemyśle polskim epoki stanisławowskiej*, wyd. II, Warszawa 1966.
（27）Witold Kula, *Problemy i metody historii gospodarczej*, Warszawa 1963.

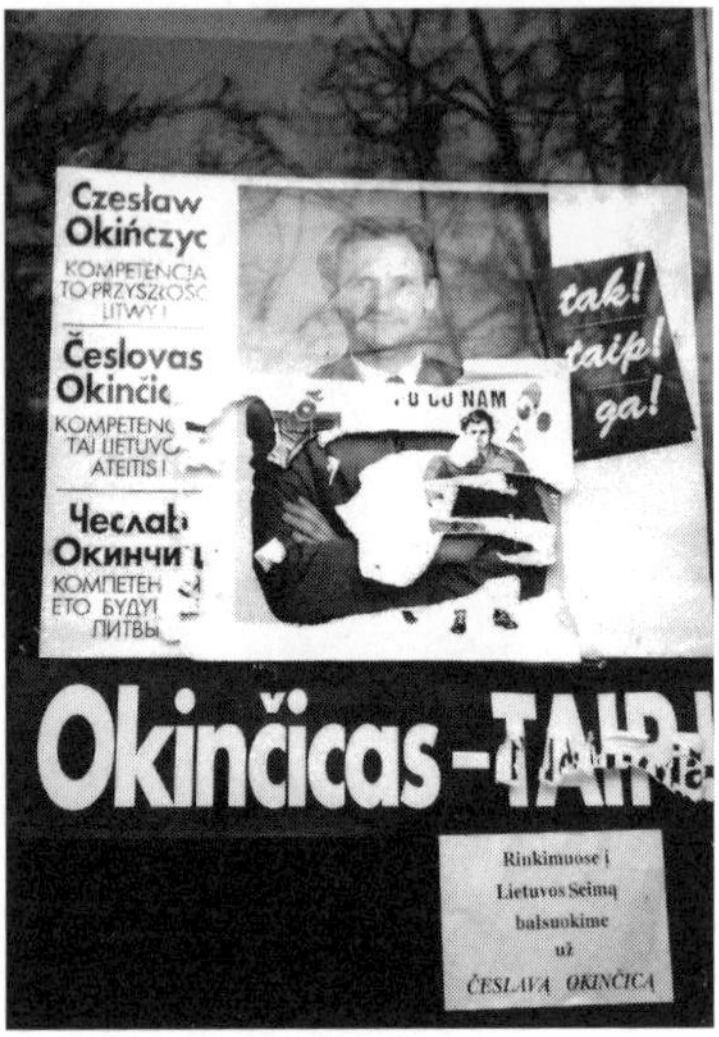

サユディスの候補、チェスワフ・オキンチツの選挙ポスター

ブロニスワフ・ゲレメク教授

達だったとのことです。体制崩壊によりカレンプカ先生は足繁くヴィルノに通い、若い世代の歴史家の指導に奮闘したとのことでした。彼の世話で入手した重要な史料は、ミハウ・レメルの著書(28)、ユーゼフ・アルビン・ヘルバチェフスキ(29)、リマノフスキの著述(30)などが挙げられますが、集めた史料に混じっていたのがアダム・スタンキェヴィチ神父の「カストゥス・カリノフスキ小伝(31)」です。ラテン文字表記で書かれたこのベラルーシ語の文献は、当時は奇妙な〝ポーランド語〟くらいにしか思えませんでした。まさかこれがベラルーシ語であるとは、このときが私にとってはじめてのベラルーシ民族史との運命的な邂逅になるとは夢にも思いませんでした。この運命的邂逅ものちに『ベラルーシ、境界領域の歴史学』(二〇一一年)に結実するきっかけのひとつとなったのでしょう。ポズナンの大会(一九八四年)はズドラダ先生の紹介で、私ははじめてゲレメク教授と面識をもちました。ゲレメク教授はここでは話ができないからと言って、後日ワルシャワのスターレ・ミャスト(旧市街)の彼の自宅に招かれました。彼の著書『憐れみと縛り首』の図版の原板を借用する手筈をお願いすることが主目的でしたが、彼の社会の周縁性研究に関するいくつかの質問もでき、かねてからの私の疑問点を払拭できたのはよかったですね。

　トルンでの忘れられない思い出のひとつは、カレンプカ教授の下で助手を務めていたレシェク・クーク君と友情を深めることができたことです。もっとも当時の私の主たる研究テーマは大亡命史だったので、私にとっては彼との交流が一番大切でした。フランスのスラヴ学者シプリアン・ロベールを分析紹介した彼の博

レシェク・クーク君

士論文は、ポーランドでもフランスの学界でも高く評価された業績です。ちょうど戒厳令が敷かれたときでもあり、トルンの大学環境も彼には居づらくなっておりました。幸い、カレンプカ教授の口添えが奏功し、助手任期を一年延長してもらい、何とか教授資格論文を書き上げることができたおかげでフランスのナンシー大学へ移ることになったのです。ナンシー大学へ移る前に彼が娘さんに一所懸命フランス語を教えていたのがとても印象的でした。ナンシー大学に移ったあと、彼は私に著書二冊（博士論文、教授資格論文）送ってくました[32]。彼が分析紹介したシプリアン・ロベールの「二つの汎スラヴ主義論[33]」は私の最初の著書『イスタンブル東方機関』の骨格となり、また近著『近代ポーランド史の固有性と普遍性[34]』でもより詳しく詳細に紹介しておきました。この点からみれば、クーク君の存在なくしていまの私はないといっても過言でありません。ナンシーに移ったことにより彼の人生は一変しました。しばらく交流が途絶えましたが、のちに私はローマで彼のお世話になります。そのことはあとで述べることにしましょう。

(28) Michał Römer, *Stosunki etnograficzno - kulturalne na Litwie*, Kraków 1906; tenże, *Litwa. Studium o odrodzeniu narodu litewskiego*, Lwów 1908.
(29) Józef Albin - Herbaczewski, Odrodzenie Litwy wobec idei polskiej, Kraków 1905.
(30) Bolesław Limanowski, *Naród a państwo. Studium socjologiczne*, Kraków 1906; tenże, *Centralizm i federalizm. państwo narodowe i Państwo narodowościowe*, Poznań 1925.
(31) Adam Stankiević, *Kastuś Kalinouski. Mużyckaja prauda. Ideja niezależności Biełarusi*, Wilna 1933.
(32) Leszek Kuk, *Wielka Emigracja a powstanie słowianofilstwa francuzkiego. W Kręgu dgiałalności Cypriana Roberta*, Toruń 1991; tenże, *Orientacja słowiańska w myśli politycznej Wielkiej Emigracji (do wybuchu wojny krymskiej). Geneza, uwarunkowanie, podstawowe koncepcje*, Toruń 1996.
(33) Cyprien Robert, *Les Deux Panslavismes. La situation actuelle des peuples slaves vis-a-vis de la Russie*, Paris - Leipzig, 1847.
(34) 早坂眞理『近代ポーランド史の固有性と普遍性、跛行するネイション形成』彩流社、二〇一九年。

戒厳令の最中に開かれたウーチのポーランド歴史家大会（一九八九年）では、生活に困窮した人たちが闇ドル買いに奔走する様子に驚いたものです。大会での成果といえば、移民研究（ブラジル移民）の専門家であるマルチン・クーラ氏と同室となったことです。親譲りの頭の切れる男でしたね。父親は有名な社会経済史家ヴィトルド・クーラ、母親は歴史社会学者ニーナ・アッソロドーブライです。マルチン・クーラ氏との議論が忘れられません。ブラジル社会においてなぜ日系移民の方が東欧（ポーランド、ウクライナ）の移民よりも社会的地位が高く、東欧からの移民の社会的地位が低いのはなぜか、というマルチン・クーラ氏の質問に、専門家でもないのに私はとっさにこう答えました。「日系移民の社会は士族から農民に至るまで職能的に多様性に富んでいるが、東欧からの移民は農民に限定されている。職能的多様性の欠如が社会的上昇を抑制している原因ではないのか」と当てずっぽうの答えをしたところ、マルチン・クーラ氏は「まさにその通りだ」と膝を打ったのです。当てずっぽうな私の答えもまんざらではなく、マルチン・クーラ氏のとの議論は社会移動に関する私の心構えとしていまも大変役に立っていると思います。

一九八九年六月に連帯派政権が発足したとき、ワルシャワで連帯系の「民主同盟（Unia Demokratyczna）」の活動家として活躍していたズドラダ先生の特別の計らいで特別に国会内に入れてもらいました。そのおかげで歴史的なタデウシ・マゾヴィエツキの演説を聞く僥倖にも恵まれ、マゾヴィエツキの演説時の写真はうまく撮れたのですが、衛視に「お前は外国人だから出ていけ」とつまみ出されてしまいました。戒厳令導入から連帯政権発足にかけてポーランド人にとって試練の時期だったでしょうが、私にとっても慌ただしく無我夢中で過ごした時期であったと記憶しております。郷土派研究の草分けのひとりヤン・ユルキェヴィチ君とはじめて知り合ったのは、グダンスクのポーランド歴史家大会（一九九四年）だったと思います。連帯派が勝利した直後に開かれた大会だったせいもあって、予定されていた一九世紀史部会が崩壊！　つまり誰も参加者がなく、私が期待していた大亡命史部会もどこかへ消えてしまったのです。いま思えば、ロマン主義時代の蜂起路線もレーニン的革命的民主主義に擦り合わせたものとみなされ、避けられた理由だったのかも知れません。ユルキェヴィチ君と面識をもったことが、本腰を入れてリトアニア・ベラ

ヤン・ユルキェヴィチ君の自宅にて

ルーシの郷土派研究へのめり込むきっかけとなりました。彼の著述[35]はあらかじめ所持していたので話は盛り上がりました。

前にも述べたように、私にとって教授資格論文相当の業績を挙げなくてはならないとの持論から焦りの気持ちもあって選んだのが、若いころ断念したロシア・ジャコバン派研究を復活させることでした。水戸で二三の拙文をまとめ、そのひとつには拙劣なロシア語のレジュメを付けてディヤコフ教授に手紙を書きました。体制崩壊前だったので本当に教授に届くかどうか不安だったのですが、教授は私のことをよく覚えていてくれ、好意的な手紙を添えた招請状が届きました。招聘状が届いたことにより日本学術振興会からソ連邦出張の許可が下りました。早速、念願のモスクワ研修の準備にとりかかったのですが、折しも世界史の転換を告げるソ連邦の劇的な崩壊に直面したのです。文部省から出発のストップがかかりましたが、年が明けて一九九二年二月初にようやく出発の許可が下りました。

憧れの旧ソ連研修へ出発する

モスクワの街は体制崩壊直後の大混乱で、人々は生活に困窮し、大変な状況にありました。しかし、かつてポーラ

(35) Jan Jurkiewicz, *Rozwój polskiej myśli politycznej na Litwie i Białorusi w latach 1905 - 1922*, Poznań 1983.

ンドで戒厳令施行から連帯政権発足までの大混乱を経験した私には、ポーランドと似た状況にも思え、免疫ができていたせいか、それほど苦痛には感じませんでした。もちろんソ連邦は大国ですから、混乱の規模はポーランドとは比較になりません。モスクワに到着したころはロシア語もままならなかった私ですが、ポーランド語とフランス語を現地で習得した体験が役に立ち、さほど苦痛は感じませんでした。持参した辞書は学生時代から愛用している岩波のロシア語辞典とポーランド語・ロシア語辞典だけです。日本語を介在させることは一切せず、日本語表現のバイアスを避け、ポーランド語とロシア語の併用で切り抜けることにしたのは正解でした。シェレメチェヴォ国際空港には科学アカデミー・スラヴ学バルカン学研究所の若い研究員レオニード・ゴリゾントフ君が待っていてくれ、モスクワでの当座の世話をしてくれました。充てがわれたモスクワの南のカニコヴォにある宿舎は汚らしく、いかがわしい印象さえ漂わせ、外国人研究者専用の宿舎だと思っていたら、ベトナム人らの商売人が居座る異様な雰囲気でした。何という無秩序か、と驚きました。ワルシャワで過ごした学生寮もひどいと思ったけれど、それ以上でしたね。とはいっても私にとってモスクワ研修は学生時代にロシア語を学習して以来の憧れでもあったので、見るもの聞くもの日常生活すべてが新鮮で、興味津々の毎日を満喫することができました。茨城大学在職中に水戸にも来たことのある高分子化学の専門家の研究者イヴァン・M・パーピソフ氏が、「君、そんな生活をしていたら病気になってしまうぞ。うちへ来い」と食事に招待されました。ソ連崩壊により研究費が足りないと嘆いておりましたが、まともなロシア人ならきちんとした生活の術を備えていて、生活は安定しているんだなとの印象をもちました。チェルノヴィリ原発事故の際に高分子土壌改質剤の開発者

左からイヴァン・パーピソフ氏、私、カレンプカ教授、故草椰高志氏、水戸にて

ヤン・ソプチャク先生（左端）と私（中央）、モスクワにて

であったパーピソフ氏も二年前に他界されたとのこと、原発事故の後処理で寿命を縮めたのかと茨城大学時代の元同僚教授が語っておりました。

　モスクワの住居の一階上にはヤン・ソプチャク先生が住んでおりました。彼はワルシャワの党史研究所の所長という要職の肩書のもち主で、体制崩壊後は組織が閉鎖されたので、居られなくなってモスクワに三年間の研修という肩書で来ていたのです。彼は「俺はモスクワに亡命しているんだ」「俺は革命家をやめた」と自嘲気味に語っておりました。同じ宿舎には大使館職員の家族も住んでいて、大使館経由で上質のヴォトカが手に入ったからと、しばしば呑みに誘ってくれました。ワルシャワでもそうでしたが、いい加減な日本人の法螺話にはうんざりしていたので、勉強のためと割り切って日本人との付き合いはあえて避けてきた私ですが、日本人の言うことは頭から信じないのが私の悪い癖なのかも知れません。それにしても、ソプチャク先生と付き合っていると、ポーランド語ばかり話してしまうのでロシア語は上達しません。困ったものでした。

　モスクワに着いた翌日、レーニン図書館のカタログを調べると、長年探していたカスペル・ミハウ・トゥールスキの唯一の論説『政治における観念論と唯物論』[36]（ジュネーヴ、一八七六年）をいとも簡単にみつけ出すことができ、さっそくマイクロフィルムの予約をしました。嬉しくて仕方ありませんでした。またモスクワの古書店をめぐりながらスターリン時代のイデオロギー統制の要諦を示すН・Л・ルビンシュテインの『ロシア史学史』[37]を入手できたのも嬉しかったですね。研修先のスラヴ学バルカン学研究所では指導教授ウラディーミル・ディヤコフ教授の指導を受け

（36）Амари [К. М. Турский], *Идеализм и материализм в политике*, Женева 1876.

（37）Н. Л. Рубинштейн, *Русская историография*, М.1941.

ディヤコフ先生と奥さんのヴァレンティナさん（自宅にて）

ウラディーミル・ディヤコフ先生（研究所）

ながら、レーニン図書館、ＩＮＩＯＮ、旧マルクス・レーニン主義研究所で史料探索の準備に取り掛かりました。モスクワ郊外の教授宅にも招かれ、今後の仕事の進め方も含め、研究所内部の内輪話、ポーランド人研究者のことなど、研究所では知り得ない話を聞くことができました。何といってもディヤコフ先生はソ連邦の歴史学界を代表する大教授です。私ごとき若輩が対等な話などできる立場にはありません。それでも貧弱なロシア語を苦労しながら話す私をディヤコフ先生は温かく迎えてくれ、緊張しながら先生の話に耳を傾ける私に論文の抜き刷りをたくさん渡してくれました。緊張感から解放されて夕刻、帰路に就きましたが、あとで聞くと、西側からたくさんの高名な歴史家がディヤコフ先生の自宅を訪問している由（研究所ではないことに注意！）。私もその末席に連なることができたのかなと恐縮してしまいました。そういえばモスクワの研究所ではトルストイの孫をディヤコフ先生に紹介されたことがありました。背の高い人で、長い口髭を蓄え、「自分は爺さんに一番よく似てるんだ」と自慢気に話されていたのを覚えております。ディヤコフ先生の研究室は「史学史研究部門（Сектор Историографии）」といって、歴史思想研究あるいは史学思想研究とでも形容できる分野で、私の専門分野にぴったりで、彼の指導を受けたことは私の研究人生にとって大変な幸せであったと思います。もちろん彼の研究水準にはとても足元には及びませんが、いずれディヤコフ先生の業績も体系的に紹介してみたいと考えております。しかし、順調であるはずのモスクワの研究生活は長くは続きませんでした。

ウクライナへ足を延ばす

私がモスクワに着くとすぐに、ウクライナのドニエプロペトロフスク大学の准教授を務めていた旧友ユーリ・ムィツィク君から、私に会いたいからモスクワに来ると連絡が入りました。出発前に彼には手紙を書いておきましたが、郵便事情が悪いはずなので届いているかどうか心配でした。モスクワでの彼との再会はクラクフでの女子寮以来です。クラクフで別れたときはお互いにもう会えないだろうと思っていたのですが、再会が実現したのは体制崩壊のおかげだったのです。彼は一か月間のドニエプロペトロフスク大学への招聘状を持参してきました。ロシア語もままならない私をウクライナ漬けしたかったのでしょうか。とはいえ、そこは私も若かったせいでしょうか、行く決断は早かったですね。忘れもしない四月九日夕刻、モスクワは雪が降っていました。翌早朝、目が覚め、ドニエプル河の鉄橋を渡ると、そこは陽光が降り注ぐウクライナの春景色でした。滞在は予定を超えて二か月に及び、独立の歓喜に湧くウクライナ社会が日々変容していく様子に私は驚きを禁じ得ず、丹念に日記風に書きとどめることにしました。ドニエプロペトロフスクは、帝政ロシア時代は「エカテリーナ二世に栄光あれ！」という名を冠したエカテリノスラフと呼ばれ、ウクライナ・コサックを徹底的に抑え込む目的で建設された町です。ウクライナ滞在中に日記風にまとめた記録は、帰国後に『ウクライナ、歴史の復元を模索する』[38]（一九九四年）として出版することになります。ムィツィク君にはどうやら下心があったようです。四月一五日から一八日にかけて、ザポロージェ（ザポリージア）で開催され

(38) 早坂眞理『ウクライナ、歴史の復元を模索する』リブロポート、一九九四年。

ザポリージアの島を背景に講演するムィツィク君

るウクライナ・コサック顕彰五百周年記念大会に私を呼び、報告させることだったのです。ロシア語さえままならないのに、ウクライナ語を聞くことさえ辛いのに、ひどいことをする奴だなと思いましたが、ウクライナ語もよく聞いてみると、ポーランド語の素養が役に立ったせいか何とか聞き取ることはできました。ただ、図々しさだけの恥ずかしい報告をよくしたなという記憶しかありません。ザポリージアとは、ウクライナ・コサックが城塞を築いた東西五キロメートル、南北二〇キロメートルに及ぶドニープロ河のなかにある巨大な島なのです。中洲だと思っていたのはとんでもない誤解でした。学生時代に読んだロシア文学の作品で訳される「早瀬の彼方」のイメージとはまったく異なる壮大な景観でした。

　ムィツィク君に「どこか行きたいところはないか」と聞かれたので、当てずっぽうにクリミアへ行ってみたいと言うと、彼はさっそくクリミアのバフチェサライの博物館職員のゼルベル・エブベキーロフ氏と連絡を取ってくれました。一昼夜の汽車旅行の手筈を整え、クリミア汗の首都バフチェサライでソ連邦のゴールデンウィークを数日間過ごすことになります。セルベル君の案内でクリミア汗の宮殿のほか、裏手に聳える城塞チュフト・カレを訪れました。ギリシア・ビザンチン時代以前にも遡る歴史の遺構が随所にあり、目を奪われました。城塞にはカライム人の聖堂（キエネサ）があり、麓にはカライム人の文化復興に貢献したアブラハム・フィルコヴィチの墓所もありました。カライム人のことなどまったく知らなかった私には驚きの連続でした。麓に戻ると、赤ん坊を抱いた東洋系の顔立ちの女性とセルヴェル氏は何やら話しており

バフチェサライのセルベル・エブベキーロフ君の自宅

ます。タタール語なのでさっぱりわかりません。セルベル氏の顔立ちは西欧系なのに、東洋系の顔立ちの人もいる。聞いていると、クリミア・タタールというのはノガイ系遊牧民とギリシア・ビザンチン系、ジェノア系の混成民族なんだそうです。城塞チュフト・カレの麓を散策しながら、アダム・ミツキェヴィチの叙事詩『クリミアのソネット』[39]の情景が頭に浮かびました。現場を堪能する素晴らしい機会でした。私にとっても人生の春でしたね。チュフト・カレの麓にあるセルベル君のお宅で自家製のワインをご馳走になったのも忘れられない思い出です。ワインは自家製にかぎりますね。大袈裟に言えば、チュフト・カレなくしてクリミアは語れません。風光明媚なクリミア旅行を満喫しましたが、それはあくまでもウクライナ滞在の序章でしかありません。

　その後、ドニエプロペトロフスクに戻って一か月ほど過ごしたあとキエフに移り、科学アカデミー古文献学研究所（Институт Археографии）のヘンナジイ・ボリャク氏に宿舎の手配をしていただきました。彼の世

(39) Adam Mickiewicz, *Sonety krymskie*, [w:] *Dzieła Mickiewicza*, t. 1, 257 - 276.

話で集中的に集めたミハイロ・ドラホマノフなどの文献のコピーは、いまも伊豆の別荘の書架に並んでおります。彼のおかげでキエフでは多くのウクライナの著名人と知り合い、いくつかの研究集会にも参加できたことはありがたかったですね。なかでも近世史研究の論客ナタリア・ヤコヴェンコ女史と面識をもったことは重要です。キエフではたまたま開かれたヴャチェスラフ・リピンスキイを顕彰する国際会議に参加できたことが、のちに私が郷土派研究にのめり込むきっかけとなりました。ウクライナの郷土派リピンスキイのことはまったく知りませんでしたが、たまたま私の前に着席したルブリン・カトリック大学のハンナ・ディロンゴヴァ教授がその重要性を教えてくれ、その後ミハウ・レメルらのリトアニア・ベラルーシの郷土派へ関心を広げることができました。もっとも当時の私には郷土派理念（idea krajowa）とポーランド社会党連邦派の戦略（federalizm）とがどうちがうのかがよくわかりませんでした。似て非なるようにも思え、未知の領域でしかなかったのです。ディロンゴヴァ先生からは、あとでポドラシエ地方の合同教会派の弾圧にまつわる文献を頂戴したことを付記しておきます。[40] ヤコヴェンコ女史はウクライナ・コサック史に関して一家言のもち主であるだけに、キエフで彼女の近著だけは入手できたのは嬉しかったですね。[41] サルマティア主義が多様であり、ポーランド・バージョンだけでは不十分であることも教えられました。そのころキエフに来ていたハーバード大学のオメリアン・プリツァーク教授に二度にわたって面談をお願いし、トポスとしてのウクライナ史についてレクチャーを受けました。ここでいうトポスとは、黒海沿岸、とりわ

私（左端）とナタリア・ヤコヴェンコ女史（右隣）、キエフの科学アカデミー入口にて

ヤロスラフ・ダシキェヴィチ先生。リヴィウにて

けオスマン帝国とウクライナとの交流史を指します。私はすでに『イスタンブル東方機関』を書いたあとだったので、教授と話が弾んだことをよく覚えています。

　話しは前後しますが、ザポリージアで知り合ったヴァシル・スロボジャン君との約束で、ルヴフ（リヴィウ）へ旅行したことがありました。ドニエプロペトロフスクからルヴフまでの往復の汽車旅行は、片道札幌から福岡までを往復するほどの距離があって、大変疲れました。そんな疲れを吹き飛ばすほどルヴフでは有益な成果がありました。そのひとつが「ルーフ（運動）」の指導者ヤロスラフ・ダシキェヴィチ教授[42]のレクチャーを受けたことです。彼の説明によって、ウクライナ社会がポーランド社会と較べて「底辺からの運動」として成長してきたことがよくわかりました。レクチャーのあと、彼の案内でヴァレリアン・カリンカの墓所（主の復活派修道会の共同墓所）を尋ねることができたのはありがたかったですね。ヴァシル君に誘われて、ルヴフ近郊のジュウキェフ（ジョウクヴァ）を訪れ、その先にあるクレヒウの修道院にも足を延ばしました。山歩きは元々好きで、苦にならなかったので、ウクライナ蜂起軍（ＵＰＡ）の山岳ゲリラの跡もみて廻るトレッキングは楽しかったですね。

（40）Hanna Dylągowa, *Unia brzeska i unici w Królestwie Polskim*, Warszawa 1989; jejże, *Historia procesu beatyfikacyjnego męczenników podlaskich*, [w:] Jerzy Skowronek, *Matyrologia unitów podlaskich w świetle najnowszych badań naukowych. Unici podlascy*, t. I, Siedlce 1996; Władysław Reymont, *Z ziemi chełmskiej. Wrażenie i notatki (red. H.Dylągowej)*, Warszawa 1990.

（41）Наталия Яеовенко, *Українська шляхта з кінця XIV до середини XVII ст (Волинь і Центральна Україна)*, Київ 1993; *Нарис історії середньовічної та ранньомодерної України*, Київ 2005.

（42）Ярослав *Дашкевич*, *Україна. Вчора і нині*, Київ 1993.

ポーランド留学時代にベシチャードィの山中でウクライナ蜂起軍（UPA）のゲリラ拠点と目されて無人となった合同教会派の木造建築を訪れたことを思い出しました。

五月二九日から三一日までの一週間、カーミェニェツ・ポドルスキで「ヨーロッパの共通の家」をテーマに往時の士族共和政領域の共通の歴史文化を問い直す四か国歴史家会議（ポーランド、リトアニア、ベラルーシ、ウクライナ）が開かれました。出発する前、私は科学アカデミー古文献学研究所の入り口でヤコヴェンコ女史と一緒にダニエル・ボーヴォア教授がパリから到着するのを待っておりました。当時はキエフへはモスクワ経由でしたから飛行機の到着が遅れることは日常茶飯事で、随分待ちました。夕闇が迫るころ、ようやくボーヴォア先生が姿を現し、ただちにアカデミーが用意した車に乗って現地に向かいました。途中、ジトミール（ジトミェシ）のカトリック教会に立ち寄ろうとボーヴォア先生が言うので、寄ってみると、なかから「ウクライナのために祈りましょう」とポーランド語で祈りの言葉が聞こえてきたのには驚きました。バールの街を通り過ぎたときには、ボーヴォア先生は「おお！バール連盟よ！ Konfederacja barska」と叫んだのを思い出します。四か国歴史家会議にはウクライナのディアスポラの歴史家たちが多数参加し、なかでもオレスト・スプテルニィ教授と面識をもったことは大きかったですね[43]。彼も史学史研究の重要性を強調しておりました。彼が語るように、史学史を知らずして歴史家になれるはずはありません。会議ではポーランドのイェジィ・クウォチョフスキ教授とユリウシ・バルダフ教授とが会議をリードしておりました。クウォチョフスキ教授が力説するキリスト教化（中世以来の位階制秩序）と絶対主義化の下でのフォークロア化（民衆文化の温存）が同時進行したという二重の歴史過程[44]がポーラン

カーミェニェツ・ポドルスキで報告するダニエル・ボーヴォア先生

カーミェニェツ・ポドルスキで報告するイェジィ・クウォチョフスキ教授

ユリウシ・バルダフ教授

ド社会とウクライナ社会を分け隔てていった、とする彼の説明は納得できたし、ダシキェヴィチ先生が語る「底辺からの運動」と符合することも合点がいきました。バルダフ先生とはその後ワルシャワのご自宅に招かれる機会もあり、リトアニア法典、郷土派やリマノフスキに関する論文を多数いただきました。クウォチョフスキ先生は体制崩壊後の国際秩序の構築に東奔西走する多忙の様子でしたが、私にも国際宗教者会議への参加の招待状を送っていただきました。もっとも参加できませんでしたが。カーミェニェツ・ポドルスキの四か国歴史家会議の最中、恩師ステファン・キェニェヴィチ先生の訃報が届きました。研究者として道半ばの私には、残念で仕方ありませんでした。

　二か月間に及ぶウクライナ滞在を終え、すっかりウクライナ漬けにされてモスクワに戻ると、ディヤコフ先生はいつまでたっても帰ってこない私をイライラしながら待っておりました。旧マルクス・レーニン主義研究所の利用許可を用意してくれていたので、私は先生の指示にしたがって早速七月初までほぼひと月半、研究所に足しげく通い、朝から晩まで史料探索に没頭する日々を過ごしました。その甲斐あってか、ボリス・コズィミンやボリス・ニコラエフスキイが遺したロシア・ジャコバン派に関する一次史料はほぼ確認できたと思い

(43) Орест Субтельний, *Україна. Історія*, Київ 1991.

(44) Jerzy Kłoczowski, *Europa słowiańska w XIV-XV wieku*, Warszawa 1984; tenże, *Europa Środkowo-Wschodnia w historiografii krajów regionu*, Warszawa 1993; tenże, *Młodsza Europa. Europa Środkowo - Wschodnia w kręgu cywilizacji chrześcijańskiej średniowiecza*, Warszawa 1998.

ます。ところが、ヨーロッパはどこでもそうですが、七月に入るとヴァカンス・シーズンに入ってしまいます。研究所も休みに入り、することがなくて困っていたところ、キエフからウクライナ語の講習会があるから参加しないかとの誘いが舞い込んだのです。これ幸いと、少なくとも必要最小限のウクライナ語の文法知識だけは学んでおこうとの思いからキエフへ行く決心をしました。講習会自体はつまらないものでしたが、授業を担当したアメリカ人のディアスポラの先生が大変な人格者で私も教育者として彼を見習うことは多かったですね。講習会には西ウクライナの保養地コウォミアへの旅行というおまけも付いていて、それなりに楽しい三週間の二度目のウクライナ旅行でした。ムィツィク君と約束した、帰国後にウクライナ滞在記を執筆するネタが増えたこともあって、無駄ではありませんでした。モスクワに戻ってから早朝に三〇分から一時間、時間を決めて原稿の執筆に取り組みました。

中部イタリア旅行、リトアニア・ベラルーシ旅行、そしてモスクワを離れる

八月末にモスクワへ戻ると、ディヤコフ先生の助手ミハイル・ロブンソン君からディヤコフ先生の代わりにイタリアの研究会に出席してくれないかという連絡を受けました。同じころ、旧マルクス・レーニン主義研究所からはヴェントゥーリ先生も病気に倒れたのでモスクワには来られないとのこと、何ということだ。いろいろなことが起きるものだと思いました。ともあれ、おかげで縁もゆかりもないと思っていたイタリア旅行、それもタダでイタリアへ行けることになったのです。同行者はミハイル・ロビンソン君、アンドレイ・ゴリャイノフ氏、そして私の三人でした。イタリア側の世話で中部イタリア（ミラノ、パヴィア、ウルビノ、ペルージア、アシジなど）を旅行し、私にとってみれば研究発表などは付け足しだったのかな。当時ロシア人は外貨のもち出しはできず、そのため同行者の二人のロシア人にとって外貨を所持する私はとてもありがたい存在だったようです。パヴィアに宿泊した翌日の午前中、案内

ロビンソン君（右）とゴリャイノフ氏（左）、イタリア人の世話役セルジオ・ボナッツァ氏（中）。ウルビノにて

役のイタリア人が来るまでのあいだ旧市街の散策にでかけたところ、ゴリャイノフ氏が通りの番号を丹念に調べているのです。遅いな、とロビンソン君と二人で少し離れたところで待っていると、家のなかからイタリア人が出てきて「なかへ入れ」というのです。なかに入って話を聞いてみると、驚いたことに、どうやら同行のゴリャイノフ氏とイタリア人は母親が従妹同士だったのです。ロシア革命により帰国できなくなったイタリア人の母親は、ゴリャイノフ氏の母親と細々と連絡を取り合っていたとのことでした。イタリア人の家には母親同士が一緒に写っている写真が置かれておりました。ところがイタリア人はロシア語がわからず、ゴリャイノフ氏の方はイタリア語はおろか英語もままならず、そこで私が片言のフランス語で通訳する羽目になったのです。イタリア人の世話役が来るまでのあいだ私は冷や汗のかきながら、よく頑張ったものです。お粗末な茶番劇でしたが、私のフランス語も何とかお役に立てたらしく、ずいぶんと感謝されたものです。

その後、ゴリャイノフ氏とイタリア人氏はその後相互訪問し、それぞれの母親の墓参りをしたと聞いております。

中部イタリアのラファエロの生誕地、古都ウルビノで私たち一行は一週間ほど過ごしました。予定された報告を済ませたあとはお決まりのエクスカーションです。ペルージア、アシジ、グッビオを訪ね歩きました。もちろんラファエロの生誕地ウルビノではラファエロの絵をたっぷりと堪能することができました。旅行気分で遊んでばかりの記憶しかありませんが、私の報告原稿もローマ・ミラノで印刷に付されました。[45]

風光明媚な中部イタリアの旅行を堪能したあとモスクワへ戻ると、カーミェニェツ・ポドルスキの会議で知り合ったタマラ・バイラシャウスカイテ女史からヴィリニュスに来る手筈を伝える手紙が届いていました。一〇月末、慌ただしく旅装を整え夜行列車でヴィリニュスへ向かうと、E・バニオニス君が駅頭に迎えに来ていました。翌日はタマラ女史にコシチューシコ通りにあった歴史研究所に案内され、所長のアンタナス・ティラ教授に挨拶に伺います。翌日、簡単な報告を済ませたあと、バイラシャウスカイテ女史に有名な聖ペトロ・パウロ教会に案内され、雪が降りしきるゲディミナス丘に登ったあと雪景色のヴィリニュスの街を二人で散策しました。当時、バイラシャウスカイテ女史はリトアニア・タタールに関する博士論文[46]を準備中でした。士族身分（シュラフタ）を認められたリトアニア・タタールがどのように分解し、身分団体として地方自治に参画していったのかが彼女の関心でした。地方自治団体への参加過程は、何もリトアニア・タタールだけのことではありません。リトアニア民族が急成長していく過程、あるいは在地の名望家身分シュラフタが分解していく過程も、同様の文脈で読み解けることなのです。彼女の仕事に学びながら、在地社会が変容していくプロセスが読めたように思いました。バニオニス君は私と同じ年の生まれ、誕生日も一日ちがいの人です。残念ながら、私がモスクワ滞在中に急逝されました。ディヤコフ先生は彼の早世を大変惜しんでおりました。だが、彼の研究業績は思いがけないところで、私の研究に甦ってきたのです。拙著『ベラルーシ、境界領域の歴史学』を執筆中のときのことでした。サピエハ一門の出自を検証した彼のモスクワでの報告要旨（タイプ原稿[47]）が私の疑問を解くものとなったからです。タイプ原稿などとても入手は不可能だと思っていたのですが、ワルシャワの旧知のアンジェイ・ラフバ君が偶然所持していることがわかり、そのコピーを提供していただきました。タイプ原稿の要旨は、サピエハ一門の出自がオカ川上流域に所領地があったことを示す修道院文書を基にしたもので、修道院文書を発見したのがバニオニス君だったのです。おかげでバニオニス君の研究成果を拙著『ベラルーシ』に盛り込むことができました。

一週間に満たないヴィリニュスの短い滞在でしたが、そのまままっすぐモスクワには戻らず、ミンスクを訪れることにしました。バニオニス君が駅まで車で送ってくれました。ミンスクには三日ほどいて、そこからモスクワで知り合ったヴィテプスクの知人の家に立ち寄ることにしました。シャガールの旧宅を訪ねるだけでヴィテプスク訪問は十分と思っておりましたが、予想外にヴィテプスク滞在が私のベラルーシ史研究に大きく方向付けを与えることになります。知人一家がスモレンスクまで車を飛ばしてくれ、途中カティンの森に立ち寄り、帰路ポーロックを見て廻ったことこそ私にベラルーシ研究に大きく眼を開かせるきっかけとなったからです。私は古ルーシの歴史には疎い人間です。一般論しか知りません。考古学的知見も建築史的素養もまったくありません。そのときまでベラルーシ史学でいうポーロック・ルーシという歴史概念はまったく知りませんでした。でも、何も知らなくてよかったのです。なぜかミンスクでポーロック・ルーシに関するいくつかの論考(48)を購入していて、これらがあとで役に立つことになります。モスクワ中心史観に災いされなくてよかったと思いました。はじめて聖女イェフロシニアの存在を間近に知った私は、一二世紀に創建されたといわれる聖堂内部にも足を踏み入れることができ、いつかこのテーマに取り組もうと決意したのです。直観って、大切ですね。これについては後述しましょう。ヴィテプスクでは念願のシャガールが幼いころ住んでいた旧宅を訪ねることができ、大満足の旅でした。

　モスクワに戻ると、モスクワを離れる時期が迫ってきております。ディヤコフ先生はこのことをよく知っていたのでしょう。先生からは置き土産に論文一本置いていきなさいといわれたものの、時間に追われている私が慌てたの

(45) *L'idea dell'unita e della reciprocita slava e il suo ruolo nello sviluppo della slavistica*, a cura di Sergio Bonazza e Giovanna Brogi Bercoff, Roma 1994.
(46) Tamara Bairašauskaitė, *Lietuvos totoriai XIX amžiuje*, Vilnius 1996.
(47) Е.Банионис, *Личность И. С. Сапеги и судьба рода Сапеги*, *в. Генеалогия. Источники, проблемы, Методы исследования*, Москва 1989.
(48) Ў.А. Арлоў, *Асветніца з роду Ўсяслава. Ефрасіння Полацкая*, Минск 1989; его же, Тайны полоцкой истории, Минск 1995.

も無理はありません。しかし、いま振り返ってみると、ディヤコフ先生に言われてそのときまとめた拙文「ロシア・ジャコバン派とミハイロ・ドラホマノフの論争[49]」は、不完全であったとはいえ、その後の研究の発展の一里塚となりました。トゥールスキ関係、すなわちロシア・ジャコバン派関係の史料はほぼ渉猟し尽くしていたから、不十分ではあっても備忘録的にまとめておいたことは決して無駄ではありませんでした。モスクワ滞在中の私の関心はポーランド社会党革命派の戦略をリマノフスキの政治諸活動を通して再検討することでしたが、大きすぎるテーマなので当時の私の実力ではとてもこなし切れるものではありません。ウクライナ滞在中にドラホマノフに関する文献に目を通しておいたことも、執筆に際して役に立ったのだろうと思います。ロシア・ジャコバン派、リマノフスキ、そしてドラホマノフ[50]の三つ巴の論争に着目できたのは大成功でした。いま私が振り返ってみて、一番納得のゆくリマノフスキ研究は、バルダフ先生のリマノフスキ論[51]、そして歴史思想史家ヨアンナ・クルチェフスカの研究[52]でしょう。そしてリマノフスキの『ポーランド民衆派の歴史[53]』に沿った解釈を体制崩壊後の今日に伝えているアダム・チョウコシの研究[54]こそ、体制崩壊後のいま、ポーランド社会主義思想の源流を辿るうえで重要な文献だと思います。ロビンソン君が私の拙劣なロシア語を直してくれたことを付記しておきます。ただただ感謝のみ！　ソプチャク教授は、私がモスクワを離れる一〇日ほど前にワルシャワでの再会を約束して、一足先にモスクワを離れました。ベラルーシ駅まで荷物運びを手伝いました。モスクワでは可愛がっていた愛犬（老犬）を薬物で処分せざるを得ず、そのときの様子が痛々しく、沈痛な彼の表情はいまも忘れることができません。

ワルシャワからトルン、そしてパリへ

モスクワ滞在中の私はゲレメクの翻訳『憐れみと縛り首』のゲラを旅行鞄に入れっぱなしで、ほかのことが忙し過

ぎてゲラの校正どころではありませんでした。ワルシャワに着いてからまずゲレメク教授の自宅を訪ね、「日本語版の序文」を書いていただくことと、出版社「読書人（Czytelnik）」で図版の原版を拝借する許可をいただくことをお願いしました。出版社「読書人」の担当者に日本の出版社（平凡社）の要望を伝えると、出版が済み次第、返却してもらう条件で快諾を得ました。ゲレメク教授のこの著書には英語版、フランス語版、イタリア語版、ドイツ語版がありますが、どれもが不完全版だったので、手間暇をかけながら日本語版が完璧な形で出版されたことに私は自負心をもっております。ワルシャワではスコヴロネク先生に挨拶に伺うと、先生は私のモスクワ滞在生活の話しを聞きながら、原稿を一本置いていくように促されました。イタリアのウルビノで報告した原稿を手直ししてポーランド語に置き換え、これは一年後に『人文評論』[55]に掲載されました。ワルシャワ大学歴史学部でも簡単な報告をしましたが、近世のマゾフシェ地方からの零細な士族身分団体のリトアニア・ルーシへの大量移住に関する質疑が興味深かったですね。約束していたソプチャク教授宅を訪問すると、当時ポーランド科学アカデミー・パリ・センター長を務めていたイェジィ・ボレイシャ教授宛ての紹介状を用意して待っておりました。よほど私のテーマ、すなわちトゥールスキのことが気に入ってくれたのでしょうか。でも、これは大変ありがたいことでした。再訪したトルンのコペルニクス大

(49) Макото Хаясака, *Русские якобинцы и М. П. Драгоманов – Споры о путях решения национального вопроса*, Славяноведения, 1993 №. 4, Москва 1993.
(50) Михаило Драгоманов, *Историческая Польша и Великорусская демократия*, Женева 1882.
(51) Juliusz Bardach, *Inflanty, Litwa, Białoruś w twórczości Bolesława Limanowskiego. Studium z dziejów kwestii narodowej*, [w:] *O dawnej i niedawnej Litwie*, Poznań 1988.
(52) Joanna Kulczewska, *Naród w socjologii i ideologii polskiej*, Warszawa 1979.
(53) Bolesław Limanowski, *Historia demokracji polskiej w epoce porozbiorowej*, Zurich 1901.
(54) Adam Ciołkosz, *Zarys dziejów socjalizmu polskiego*, T. I - II, Londyn 1966.
(55) Makoto Hayasaka, *Historycy japońscy o kształtowaniu się narodów Europy wschodniej*, „Przegląd Humanistyczny", nr. 3, 1993, s. 109 - 115.

ワルシャワのジョリボシ区のマリノフスキさん一家と一緒に

学ではいつもながらカレンカ教授の世話になり、研究史料のコピーの手配していただきました。ワルシャワに戻ってクリスマスを過ごしたあと、旧知のマリノフスキさん一家の別荘のあるミェルニクでジルベスターを過ごし、モスクワでの疲れを癒すことにしました。

その後訪れたパリ滞在は僅か一週間足らずでしたが、稔り多い充実したものでした。ボレイシャ教授の執務室に伺い、持参したソプチャク教授の紹介状と用意したボリス・ニコラエフスキイの論文のコピーを差し出すと、一読したボレイシャ教授は即座に「トゥールスキのことは自分も承知している。このテーマをぜひ完成させなさい。いまスコヴロネク教授が国家アルヒーフの館長職を務めている。いまは旧統一労働者党のアルヒーフは封印が解除されているから、利用できますよ」とアドバイスしてくれたのです。ボレイシャ教授は当時パリのスラヴ関係の文書館のネットワーク化を推進しており、私が探していたトゥールスキに関する雑誌史料の多くがヴェルサイユの国立図書館（BN）別館に収蔵されていることも突き止めてくれました。手間暇が省けて助かりました。さっそくヴェルサイユにカタログ番号を持参して出かけると、参考掛の職員が即座に必要史料をもってきてくれて手際よくコピーをしてくれました。パリで予定していた仕事は僅か五日間足らずで済んだのです。まさかパリに長年探していた史料がすべて揃っているとは思ってもみなかった私には、大変な驚きでした。お礼にボレイシャ教授の執務室を訪れると、「君、コニャックは一杯どうか」と勧めてくれ、「ぜひトゥールスキ伝をポーランド語で執筆しなさい。ワルシャワの出版社を紹介するから」と励ましてくれました。しかし、当時の私にそんな力量などあるとは思えず、ただ「はい」と答えるのが精一杯でしたが、ただ、あのとき呑んだコニャックの味は忘れませんね。パリを離れる前日、ワルシャワ以来の友人で、私の下手なフランス語を直してくれたパリ在住の友人を訪ねました。出されたワインがとても旨かったな。慌ただしい一年に及ぶ、モスクワからパリに至るまでの研修旅行でしたが、成田行きの飛行機に乗ると、どっと疲れが出てしまいました。

帰国後の後始末

帰国後の最初の仕事は、ゲレメク教授の著書『憐れみと縛り首』（一九九三年）を翻訳刊行することでした。ヨーロッパで名声を博したこの著書は、イタリア語版、フランス語版、ドイツ語版もありますが、いずれも簡略版であり、もちろん私の訳文に誤訳がなければの話しですが、日本語版が一番完璧な版だと思います。この仕事を片付けたあとは、モスクワで用意したウクライナ旅行記の原稿に直しを入れる作業が控えておりました。ところが、当たり前のことですが、私が旅行した地理空間は現在のポーランド、リトアニア、ベラルーシ、ウクライナを包摂する士族共和政全域（Rzeczpospolita）に及ぶものなので、さてどういうタイトルを付けるべきかが編集者の頭を悩ませることになります。この地域は日本の読者には馴染みがないから、節操のない理由付けですが、「面積が一番広く、人口が一番多いウクライナにしてもらいたい」というのが編集者の意向でした。また堅苦しい論文調の文体は避け、一般の読者向けに読みやすい旅行記風の文体にしてもらいたいとの要望も付け加えられました。そこで知恵を絞ってタイトルを『ウクライナ、歴史の復元を模索する』（一九九四年）とし、最終章だけは理屈っぽい論文調にしてよいとの了解を編集部からもらい、残り全体を旅行記風の文体で整えることにしました。ですから、必ずしもウクライナだけを対象としたわけではありません。とはいえ最終章で、ウクライナの国家学派の確立であり、郷土派のひとりヴャチェスラフ・リピンスキイに関する考察に布石を打ち、またのちの郷土派研究全体のイメージを盛り込むことができたのは大成功でしたね。

ボレイシャ教授のアドバイスにしたがって半年後に思い切って一か月間のワルシャワ研修を実行します。スコヴロネク先生の執務室（国家アルヒーフ館長職）で旧統一労働者党アルヒーフの利用許可をもらい、ズヴィルキ・ヴィグーリィ通りの国立図書館別館に移管されていたアルヒーフに直行しました。目録は完備していて、体制崩壊までの七〇年間封印され、特別な研究者以外には許可されなかったポーランド社会党（ＰＰＳ）革命派の一次史料を手にすることができたのです。[56] そのときの興奮は尋常ではなかったですね。さっそく必要個所のコピーを依頼し、コピーされた手書き史料を友人が紹介してくれたアルバイトに、私が読めるように書き写すことをお願いしました。筆写された原稿をソプチャク教授にもっていくと、教授はヴォトカの杯を片手に、「君、文中にあるジューク（Żuk）というのが誰なのかわかるかね。これは大発見だよ」と言ってその個所を指さしました。私が「知りません」と答えると、「ジュークとはピウスツキの偽名のことだよ」と言って、「トゥールスキはピウスツキの黒幕のようなことをしていたんだね。これは学問的成果になる！」と、わがことのように喜んでくれました。スコヴロネク先生も大変褒めてくれ、研究成果をまとめてモントリオールの国際歴史家大会（一九九五年）のスラヴ研究部門で報告するように推薦してくれたのです。報告「トゥールスキ伝」は国際スラヴ研究部門でも好評で、そのメンバーにも選ばれました。話しは前後しますが、ウクライナ滞在中に世話になったヤロスラフ・イサイェヴィチ教授の依頼で、ルヴフ（リヴィウ）で開かれた第一回ウクライナ学会でも、モスクワでまとめた原稿「ロシア・ジャコバン派とミハイロ・ドラホマノフの論争」を報告したことを付記しておきたいと思います。

東工大へ配置換えとなる

東工大へ配置換えになったころ両親を看取りました。私生活の面でもゴタゴタ続きで、研究どころではありませんでしたね。親の遺品を整理していると、柳田國男の「史料としての伝承」が出てきました。山村経済の営みのなかで伝承されてきた史料は精緻な文献資料とは異なりますが、柳田はその史料的価値を高く評価しました。柳田の関心は元々新渡戸稲造の郷土塾から発出したもので、それを知って愕然とした私はほどなく新渡戸の『農業本論』[57]にたどりつきました。札幌農学校の講義録として用意されたこの新渡戸の古典的名著は、民俗学関係者のあいだでは柳田学の草分けと位置付けられているようですが、いまの北大農学部の人たちで関心を寄せるひとはいないでしょう。歴史学関係のひとたちのなかでも関心を寄せる人はおりませんね。当時の私は新渡戸に関する文献を追い、夢中になって読んだものでした。このときの私の思い付きは、のちになって私の郷土理念に結び付き、やがて熟成していくことになります。

茨城大学在職中、ディヤコフ教授を日本に招聘できたことは大きかったですね。いま思うに、これだけの一流のスラヴ研究者を迎えるだけの力量をもった日本人研究者はおりませんでした。ディヤコフ先生を招聘したあと、地元ベンチャー企業の社長さん（故草梛高志氏）の資金援助で、ポーランド滞在中のお礼も兼ねてカレンプカ教授を日本に招待したこともありました。私の個人レベルでささやかな国際交流を積み重ねているうちに国際化の波は大学社会全体に押し寄せてきて、地方大学の茨城大学も例外なくその波に呑み込まれ、大学行政の現場でその業務を担当させら

（56）CAP [Centralne Archiwum Partyjne przy KC PZPR], 305/VII/38.

（57）新渡戸稲造『農業本論』所収『新渡戸稲造全集』第二巻、教文館、一九六九年。

れました。思い出してみても、茨城大学にかぎりませんが、日本の大学社会の国際化レベルは低すぎて、見ていられませんでした。とくに語学教師のレベルがひどかった。有力大学から次々と組織改革が断行されていくにつれ、私の身辺も慌ただしくなってきました。大学院担当要員として私に白羽の矢が立ったのでしょう。東工大に迎えられることになりました。東工大は日本有数の理工系単科大学で、しかも潤沢な資金を活用できる格の高い研究教育機関です。配置換えの準備に追われる日々を過ごしながら、茨城大学への置き土産にディヤコフ先生の著書『革命前スラヴ世界』[58]（一九九六年）を翻訳出版することにしました。配置換えの準備に慌ただしく日々を過ごしているころ、日本学術振興会から出版助成が付き、『革命独裁の史的研究――ロシア革命運動の裏面史としてのポーランド問題』[59]（一九九九年）を刊行しました。ロシア・ジャコバン派に関してモスクワ、パリ、ワルシャワの一次史料を渉猟し、総合的に分析し、考察した成果です。同じころ、日本学術振興会によるスコヴロネク先生の日本招聘を企画したことがありました。私はまさか一回目の申請では通らないと思っていたのですが、一発目の申請で通るとはさすが東工大だなと思った次第でした。ところが、訪日の準備に追われている矢先、スコヴロネク先生はパリで不慮の交通事故で亡くなられました。日本招聘の要望が受理されたことはありがたかったのですが、彼が国家アルヒーフ館長職であったこと、つまり国務大臣相当であったことで文部省では対応できず、受け入れ側の東工大が困惑してしまったことを思い出します。

　東工大に移ってからのことですが、カレンプカ先生の推薦でパリの「一八四八年革命学会」に参加したことがありました。一九世紀末に発足したこの学会に一〇年間ほど参加しただけの幽霊会員でしたが、その総会に合わせ一度パリを訪れ、ダニエル・ボーヴォア先生に会いに行ったことがあります。ところが私の目の前に現れた先生の表情は疲労困憊の様子で、びっくりしました。彼曰く、「ソルボンヌなんて、格式の高い職場だと思って来てみたが、バカ学生ばかりで、雑務に追われ、何もいいことがない」。あとで送られてきた彼の回想録を読むと、私生活の面でも大変だったらしく、彼の話を聞きながら私も、権威の高い大学に身を置くことばかりがよいことではない、と思いました。パリでは彼の本も入手でき[60]、サインをもらいました。ボーヴォア先生の著書を読みながら、ザポロージェ・コサックの解体を先行形態としてロシア化のプロセスがポーランド分割後、とくにニコライ一世統治下でポーランド・シュラフタにも適用されようとした経緯がよく理解できるようになりました。帝政ロシアが取り組んだこの措置に反発して決起したものこそ、一連のポーランド蜂起だったわけですね。ボーヴォア先生に学びながら、この点をいっそう掘り下げてみたいと思いました。ウクライナ近世史についてみても、イヴァン・マゼッパの後継首長ピィリプ・オルリクのコサック憲法こそロシア化に対する抵抗の象徴なのです。おそらく近代ロシアもザポロージェ・コサックの制覇を機に大きく方向転換し、東方へ舵を切り、ユーラシア国家に変貌していったのでしょう。疲労困憊気味のボーヴォア先生もソルボンヌにいたのは僅か五年だけでした。うんざりしてやめたそうです。

ロシア人旧教徒の村落調査を実施する

二〇〇一年~二〇〇三年ころ、ひとりでは使いきれないほどの多額の科学研究費が付きました。私の郷土研究にもはじめて科研費が付き、リトアニアで農村調査をする機会を得たのもこのときでした。当時の私には郷土性の理解に曖昧なところがまだあり、郷土性（krajowość）と在地性（tutejszość）の区別さえはっきりしていなかったのです。現地に入ってみて、偶然にもロシア人旧教徒の存在の大きさに気が付きました。旧教徒出身の研究者グリゴリー・ポタ

（58）B・A・ディヤコフ『スラヴ世界——革命ロシアの社会思想史から』[Владимир А. Дьяков, *Славянский вопрос в общественной жизни дореволюционной России*, M. 1992] 彩流社、一九九六年。

（59）早坂眞理『革命独裁の史的研究——ロシア革命運動の裏面史としてのポーランド問題』多賀出版、一九九九年。

（60）Daniel Beauvois, *Le noble, le serf et le révizor. La noblèsse polonaise entre le tsarisme et les masses ukrainiennes (1831 - 1863)*, Paris 1985; Daniel Beauvois, *La bataille de la terre en Ukraine 1863 - 1914. Les Polonais et les conflits socio-ethniques*, Lille 1993.

グリゴリー・ポタシェンコ君と私。ヴィリニュスの居酒屋にて

シェンコ君と知り合い、調査に加わってもらったのも大きかったですね。文献調査を積み重ねながら、大公国へのロシア人旧教徒の大量移住とポーランド第一次分割に因果関係があることがわかったことは大収穫でした。この問題視角はロシア国家学派の碩学セルゲイ・ソロヴィヨフに遡るものですが、ベラルーシの歴史家が僅かに考察を進めていただけでした[61]。しかし、この研究者はモノグラフィーを仕上げるには至らず、近年ようやくポタシェンコ君が未完成とはいえ、一冊まとめております[62]。ここで私が念頭に置いている「リトアニア」とは、現在の国境線を指しているわけではありません。ほぼ現在のリトアニア・ベラルーシの領域を指し、歴史的リトアニア（Litwa historyczna）と総称される地域を指すことを断っておきたいと思います。

もっとも、当時の私にはまだロシア人旧教徒研究に主体的に構える余裕はありませんでした。農村調査をしながら思ったことは、旧教徒の人たちが厚く信仰する「キーテシ・グラド（聖なるロシア）」は貧しい農村に生きる彼らの心象風景でしかありません。彼らの聖堂もみすぼらしく、どこに「聖なるロシアなど存在するのだろうか」と自問自答を繰り返しておりました。参与観察とは面白いものです。調査を進めながら、思いがけないことが次から次へと出てくるものです。いくつかの旧教徒の村落でインタビュー調査を試みましたが、いずれの村落も移住をはじめた三百年前に遡る古い時代からのものではなく、ポーランド一月蜂起の残滓であることがわかってきました。精々一五〇年ほど前に遡る脱ポーランド化、ロシア化の行政措置の結果であることがわかってきたのです。それさえわかれば十分です。答えを導くにはもう一息です。ですからソヴィエト時代に入ってからの集団化もそれと連動しており、ソヴィエト型インテリゲンツィアを創出する意図もわかってきました。ヴィリニュスの北方、三〇キロメートルほどのところにあるジェマイテリアイ村という寒村で調査したことがありました。たまたまその村の出身のイヴァン・チェルニコフという、ブレジネフ時代にリトアニア社会主義共和国時代に運輸交通大臣を務めた方がいて、彼が説明役となってくれました。集団化のいきさつについても、彼がとてもよく知っておりました。チェルニコフ氏は代々ナスタヴニク（司祭補佐）の家柄で、彼の父がソヴィエト当局から集団化に協力するように求められたが、拒否したためにシベリアへ二年間送られました。そのあいだに当局と集団化に協力する何らかの取引が成立したのでしょう。その代償に優遇措置をもらう言質を得て帰国を許されたというのです。その代償とは、その息子二人がもともと優秀だったせいもありますが、二人ともカウナス工科大学に学ぶ機会を与えられ、共産党活動にも参加してメキメキと頭角を現し、長男イヴァンはリトアニアの運輸交通大臣職にまで上り詰めたのです。彼の話を聞きながら参与観察をしてみると、ソヴィエト型インテリゲンツィアが創出される典型例であることがよくわかります。飴と鞭の政策をうまく使い分けたソヴィエト政権のやりかただったということがよく理解できました。チェルニコフ氏はご先祖からの土地の権利書を大切に保存しており、それを私にみせてくれました。先祖からという意味は、三百年前に遡るという意味ではなく、帝政ロシア当局に安堵されたという意味であり、在地の旧教徒たちは貧しいながらもこの土地にへばりついて閉鎖的な生活を営み、自分たち固有の生活文化を守り抜いてきたのです。ジェマイテリアイ村は、元はミトロファノフカ村と呼ばれ、一九世紀末にミトロファンという名のナスタヴニク（司祭補佐）に率いられてこの地に定住した村です。脱ポーランド化の先兵としての移住でした。「聖なるロシア」は彼らの心の風景としてのみ生きているのでしょう。三百年前に移住してきたころ、リトアニア

（61）В. П. *Грицкевич*, *Массовая миграция русскtх в Литву и Белоруссию в первой половине 18-го века как форма классовой борьбы против усиления крепостного гнета (по опубликованным русских источникам)*, Lietuvos Aukštuju Mokyklu Mosklo Darbai, Istorija, t. 24, Vilnius 69-83; В. П. Грицкевич, *Размеры и причины массовой миграции русских в Литву и Белоруссию во второй половине 18 в. (по опубликованным русским источникам)*, Lietuvos Aukštuju Mokyklu Mosklo Darbai, Istorija, t. 31, Vilnius 53-68.

（62）Григорий Поташенко, *Староверие в Литве. Вторая половина XVII - начало XIX вв. Исследовония, документы и материалы*, Вильна 2006.

歴史研究所所長リマンタス・ミクニス君と私

法典で認められた私的権利の精神は、彼らの心中に連綿と生き続けてきたのです。しかし、調査時間も限られ、サンプル数も不足し、研究にまとめ上げるとなると不十分です。論文化は諦め、調査報告書にとどめざるを得ませんでした。将来の課題に残すことにしました。

農村調査の副産物として、偶然、後述するベラルーシの共産主義者ブロニスワフ・タラシキェヴィチの姪御さんに簡単なインタビューをお願いしたことがありました。彼女曰く。「ブロニスワフは地元の大秀才で、郷土の誇りです。残念ながら、彼のひとり息子ラドスラフは大戦中に戦死し、子孫はおりません。タラシキェヴィチ姓はひとりもいなくなりました」と無念そうに語っておりました。調査中、リトアニア・ベラルーシの郷土派の指導者ミハウ・レメルの姪御さんにも会ったことがあります。二度面談をお願いし、レメル一族の家庭生活の一端を伺うことができました。在地の名族であるだけに、家系図などもみせてくれ、チュートン騎士団に遡る来歴を教えてもらいました。帰り際、彼女は私の娘のためにケーキを焼いてくれ、「日本にもっていきなさい」とプレゼントしてくれました。野外調査と並行して、ヴィリニュスのタデウシ・ヴルブレフスキ文書館に日参し、郷土派関連の史料として『ヴィルノ評論（Przegląd Wileński）』と『ヴィルノ新聞（Gazeta Wileńska）』からミハウ・レメルの記述を拾い出し、夢中でコピーしたことを思い出します。当時はまだまだ研究成果を出すには至らない、海のものとも山のものともわからない状況でしたが、つまらない調査報告書でさえ日本の学界では珍しいテーマだったのでしょうか。びっくりして好評価してくれた早稲田大の図書館などからは、ぜひ献本してほしいとのメールが来る始末でした。恥ずかしいからと辞退したものの、結局断り切れませんでした。恥ずかしい私の調査報告書は早稲田大の図書館に収蔵されているはずです。(63)

リトアニア歴史研究所でリマンタス・ミクニス君と親しくなったのもこのころです。ミハウ・レメルの日記[64]の紹介をライフワークとする郷士派研究者のひとりです。親身になって世話をしてくれたミクニス君は、レメル関係以外にも、リトアニア史に関する基礎史料を提供してくれました。なかでもリトアニア史学の古典的なアドルファス・シャポカの概説書[65]を提供してもらったことは大きかったですね。彼から提供されたたくさんの文献は、のちの拙著『リトアニア――歴史的伝統と国民形成の狭間』（二〇一七年）を完成させる上で大変役に立ちました。以来、彼との交流は続いております。滞在中はいつもながらタマラ・バイラシャウスカイテ女史の世話になりましたが、このころ彼女自身も私生活の面で大変だったことはあとで知りました。

脳梗塞に倒れる――別荘暮らしをはじめる

東工大に移ってからは管理職業務に消耗する毎日が続きました。マルチメディアの時代に対応した新設組織であり、

(63) 早坂眞理『郷土派の政治思想、戦間期のリトアニアの政治文化』（課題番号 13610446）平成一三年度～平成一六年度科学研究費補助金（基盤研究（C）（2）研究成果報告書、平成一七年五月。

(64) Rimantas *Mikrys, Michał Römer i krajowcy o koncepcji państwowości Litwy w latach 1922 - 1944*, [w:]*Krajowość – tradycje zgody narodów w dobie nacjonalizmu*. Materiały z międzynarodowej konferencji naukowej w Instytucie Historii UAM w Poznaniu (11 -12 maja 1998). Pod redakcją Jana Jurkiewicza. Poznań 1999; tenże, *Problem kształtowania się nowoczesnego narodu Polaków litewskich w pierwszej połowie XX w.* //Buletyn historii pogranicza. 2000. Nr.1; tenże, *Michał Römer i krajowcy o koncepcji państwowości Litwy w latach 1922 - 1944*, [w:]*Krajowość – tradycje zgody narodów w dobie nacjonalizmu*. Materiały z międzynarodowej konferencji naukowej w Instytucie Historii UAM w Poznaniu (11 – 12 maja 1998). Pod redakcją Jana Jurkiewicza. Poznań 1999; tenże, *Problem kształtowania się nowoczesnego narodu Polaków litewskich w pierwszej połowie XX w.* //Buletyn historii pogranicza. 2000. Nr. 1.

(65) Adolfas Šapoka (red.), *Lietuvos istorija*, Kaunas 1936.

新しい研究分野を開拓しなくてはならず、私は歴史学と情報学の組み合わせを模索する毎日が続きました。歴史史料学としてデータベースなどの分野に広く応用が可能となるのではないかと考えたからです。学生時代の史学概論の授業において「歴史学の基本は史料学」であると教えられたことを思い出しました。私生活の面でも両親がこの世を去り、帰省先がなくなり、幼い娘も困っていたので、帰省先の代わりを探していた矢先、別荘購入の話しが舞い込んだのです。当初は学生の溜まり場か舟宿風でもよいかと考えましたが、いずれ将来は永住しようと、その可能性も考えました。別荘購入は大成功でした。庭には大島桜の巨大な自然木があり、庭好きの私には癒しの場所となりました。

レオニード・ゴリゾントフ君

伊豆に別荘を構えたころから相次いで外国からお客さんが来ました。潤沢な研究費をフルに活用して、まずクリミアのセルベル・エブベキーロフ君を、次いでモスクワからレオニード・ゴリゾントフ君を日本に招聘しました。私にとって外国人招聘は道楽みたいなものでしたね。セルベル君は「ここは日本のクリミアだ」といって喜んでおりました。同じく伊豆の別荘に招いたゴリゾントフ君もベランダで酒を呑みながら、ソヴィエト時代のロシア語の歌を歌ってはしゃいでおりました。ゴリゾントフ君とは来日する前、メールでやりとりしながら、誰か郷土理念の研究者はいないかと尋ねたことがありました。彼は即座にアレシ・スマリャンチュク君の名前を挙げ、彼の著書『郷土派[66]』のコピーを作って持参してきてくれたのです。これには大助かりでした。スマリャンチュク君のメールアドレスも教えてくれ、そのおかげでスマリャンチュク君とコンタクトをとることができました。伊豆の別荘で酒を呑みながらゴリゾントフ君は、彼の著書『帝政ロシアの政策のパラドクス[67]』をスマリャンチュク君に「相当こっぴどく叩かれたよ」と苦笑しながら頭をかいておりました。別荘のベランダでの思い出深い、楽しい酒呑みでした。ゴリゾントフ君の推薦で二〇〇七年のクラクフで開催された

第一回外国人による研究者大会にパネラーに招聘されたことも、別荘での酒呑みおかげだったのでしょう。[68]このクラクフでの大会に出席したときは、クラクフの恩師であるズドラダ先生を訪問しました。「最近何を研究しているのか」と尋ねられたので「郷土理念を研究している」と答えると、「ズビグニェフ・ソラクをよく知っている。彼の著書[69]が手元にあるから、これを君にあげるよ」というのでありがたく頂戴しました。実は、この著書は探していたところだったのです。本の末尾にはミハウ・レメル関係の詳細なビブリオが付いていたので、その後の研究に大いに役立ちました。ズドラダ先生曰く。「ソラク君は連帯運動で消耗し、それが原因で命を縮めた」とのこと。ソラク氏のことは研究者仲間のスマリャンチュク君、ユルキェヴィチ君もその短い生涯を惜しんでおりました。懇親会の席で、ミクニス君が「僕を覚えているかい」と声を掛けてきました。「最近ヴィリニュスに来ないじゃないか」と言うから、私は「三年待ってくれ、そうしたらヴィリニュスへ行くから待っていてくれ」と答えました。それほど東工大での職務は辛かったのかも知れません。自分の研究とは無関係に、東工大の業務命令で行きたくもない北京の精華大学に二度も出張で行ったこともありました。管理職で頭が廻らなくなっていたのでしょうか。六〇歳の還暦を迎えてもう一息で定年かと思っていたころ、無理が祟ったせいか脳梗塞で倒れました。自宅で明け方早朝、当日の会議の審議事項の整理をしているときに頭がクラクラしはじめ、自力で歩行ができなくなりました。急いで救急車を呼んで救急病院に運ばれましたが、幸いに軽度であったせいか一命はとりとめました。ＭＲＩ画像を撮るときには下半身がほぼマヒ状態でした。

（66）Алесь Смалянчук, *Паміж краевасцю і нацыянальнай ідэяй: польскі рух на беларускіх и літоўскіх землях 1864 - люты 1917 г.*, Санкт - Петербург 2004; tenże, Раман Скірмунт (1868 - 1939): Жыццяпіс грамадзяніна Краю, Мінск 2018.

（67）Л. И. Горизонтов, *Парадоксы имперской политики: поляки в России и русские в Польше*, Москва 1999.

（68）Makoto Hayasaka, *Japońskie badania nad historią Europy środkowo-Wschodniej ze szczgólnymi uwzględnieniem historii Polski XIX wieku*, [w:] Widziane z zewnątrz, Tom II, Warszawa 2011, s. 65-77.

（69）Zbigniew Solak, *Między Polską a Litwą. Życie i działalność Michała Romera 1880 -1920*, Kraków 2004.

そんな状態でも職場の事務方に連絡を取ってもらわなくてはならず、看護師さんに職場の事務方に連絡をお願いしました。このまま死ぬのかと思うと、バカらしくなりました。退院すると、お役御免。すべての役職を免除されました。大変ありがたいことで、以後定年まで管理職業務から外されました。

ベラルーシ研究を本格化させる――〝ポーロック・ルーシ〟の発見

脳梗塞に倒れたのをよい機会と捉え、郷土派研究の完成を目指す決心を固めました。まずスマリャンチュク君にメール送りました。しばらく途絶えていたタマラ女史とも連絡がとれ、ヴィリニュスへ行く準備に取り掛かりました。頭がふらついて健康面で不安がありましたが、久々の海外へ出発するとなると、元気が湧いてきました。二〇一〇年六月、ヴィリニュスの飛行場に着くと、タマラ女史が待っていました。彼女も管理職業務で疲労困憊の表情で、顔つきまで変わってしまった様子で私を迎えてくれました。管理職はどこの社会でも人を疲弊させてしまうものですね。彼女曰く、「病気になると、人生観を一変させてしまう」。まったくその通りで、その後の私の人生を暗示しているようでした。役職を免除された私が定年前の仕事と定めたのが郷土理念の研究のはずだったのですが、ところが脇のテーマであったはずのベラルーシ研究の方に大きく脱線してしまい、これだけを切り出して一冊本にまとめることに方針転換しました。スマリャンチュク君とはメール交換しながらリトアニア歴史研究所の入口で会う約束をしました。もちろん初顔合わせだったのでミクニス君と一緒に研究所の入口で待つことにしました。あらかじめ必要な文献リストをメールで送ってくれるようにと指示されていたので、ソラク氏の著書などから抜粋した当てずっぽうで書いた文献リストを送ったところ二〇一〇年六月、彼は段ボールひと箱分の文献を携えてグロドノ（フロドナ）から運んできてくれました。私にとってはすべてが新鮮で貴重な文献史料でした。それまで私が集めてきた史料を併せれば、ほぼ

サハノヴィチ君と私。カウナスにて

万全な態勢で研究を進めることができるようになったと思います。スマリャンチュク君が持参した文献にはドロータ・ミハルーク女史のポドラシエ地方に関する膨大な文献リストが掲載されていて、ワルシャワに戻ってからコピーつくりに没頭したものです。一年後の第一回国際ベラルーシ大会に参加した折に面識をもった彼女は、ポドラシエ地方の歴史的変遷をたどる彼女自身の研究論文も送ってくれました(70)。私のベラルーシ論を完成させるのに大変寄与してくれたと思います。スマリャンチュク君から第一回国際ベラルーシ大会が開かれるので、郷土理念に関する私のコンセプトを提起してもらえないかと依頼されました。無謀とは思いましたが、思い切って彼の誘いを受け入れ、拙文をまとめてみました。いまでは彼の誘いには大変感謝しております。無理して行った報告が、試行錯誤を繰り返していた私の郷土理念をいっそう具体的な形に結実していったからです。懇親会の席でヘンナディ・サハノヴィチ君と面識をもちました。スマリャンチュク君とサハノヴィチ君はともに反体制的言動が祟って職場を追われました。とはいってもサハノヴィチ君のベラルーシ史学史は大変優れたもので、大いに啓発され、拙著の終章で紹介することができました(71)。

(70) Dorota Michaluk, *Omówienie polskiej historiografii dotyczącej przeszłości Podlasia za lata 1991 - 2003*, [w:] *Вялікае Княства Літохзкае: гісторыя вывучэнняў 1991 - 2003 гг. Матэрыялы міжнароднага круглага стала (16 - 18 мая 2003 г., г. Гродна)*, Мінск 2006; jejże (red.), *Podlasie nadbużańskie. 500 - lecie województwa podlaskiego*, Ciechanowic 2013.

(71) Генадзь Сагановіч, *Войска Вялікага княства Літоўскага ў XVI-XVII стст.*, Мінск 1994; *Невядомая вайна, 1654 - 1667*, Мінск 1995; *Нарыс гісторыі Беларусі ад старажытнасці да канца XVIII ст.*, Мінск 2001; *Грунвальд у беларускай гісторыі. Спроба разбору палітычнага міфа*, Мінск 2015.

翌年、第一回ベラルーシ大会に出席した私は、郷土理念について報告[72]を済ませたあと、スマリャンチュク君と一緒にベラルーシ国内を自動車旅行しにでかけます。ノヴォグルデク、ニェシヴィエシ、ミンスク、ポーロツク、グルボーコエ、スモルゴンなどをみて廻りました。彼はほかにもベラルーシ各地をもっと案内したかったのでしょうが、私の目標はただひとつ、念願のポーロツク再訪でした。もっとも彼には自分の研究テーマがあって、旅行中、オーラルヒストリーの方法を駆使して第二次大戦下の生き証人との対話を行っていたのです。エネルギッシュな彼の仕事ぶりには敬服しました。出発前にミクニス君がよいアドバイスをしてくれ、それにしたがってノヴォグルデクを経てザヴォシェのアダム・ミツキェヴィチの館を訪ねることにしました。ミンスクではスマリャンチュク君の顔見知りの書店に立ち寄り、現代史に関する、とりわけブロニスワフ・タラシキェヴィチやアダム・スタンキェヴィチ神父に関する著述を買い求めました。二〇年ぶりのポーロツク再訪は私の疑問点をすべて解消し、さらに新しい知見を加えることになりました。知見のひとつは、聖イェフロシニアの聖遺骸が奉安されているビザンチン式の荘厳な建築物が実は二〇世紀初頭にキエフからドニープロ河を遡って故郷に戻る国家儀式のために特別に創建されたものだったということでした。要するに、ロシア正教会化のために象徴的に建てられたわけです。建築史に疎い私ですが、ビザンチン式の建築様式がロシア化の儀式化のために創案されたことの意味がよくわかりました。聖遺骸が収められている棺は普段は柵の外からしか礼拝できないのですが、訪れた日はたまたま改装中で棺が柵の外に出されていて、棺のなかの聖遺骸も覗き込むことができたという幸運に恵まれたのです。また一二世紀に創建されたと伝えられる由緒ある聖堂の内部にも特別に入れてもらえることができ、イコンで装飾された聖堂内の厳かな雰囲気に圧倒されました。

図々しさからか、第二回大会にも参加する意欲が湧いてきました。これには前段があります。しばらく会っていなかったグダンスクのフランチシェク・ノヴィンスキ君と連絡が取れ、ヴィリニュスへ行く途中、グダンスクに立ち寄ることになりました。ノヴィンスキ君はペテルブルグのポーランド人やシベリア流刑囚の研究する歴史家です[73]。彼が「俺はチタまで行ったぞ」と自慢気に話すのを聞きながら、話題はイルクーツクの地元研究者のことに及びました。ノヴィンスキ君によれば、「あいつはアルヒーフの上で寝ている！」という。要するに、何も勉強していないという意味です。一九世紀に多くのポーランド人が流刑に処せられましたが、帰国を許されないまま現地で生涯を終えた者も多かったのです。概して彼らは教養が高かったから回想録を遺す者も多く、膨大な数に上る回想録がイルクーツク大学の図書館に保管されているのだそうです。モスクワのゴリゾントフ君もこのイルクーツク大学の教師のことをダメな奴だと語っていました。ダメな奴はいずこの国でも同じなんだなと思った次第です。ノヴィンスキ君とヴォトカを呑みながら世間話をしていると、ソプチャク先生がオルシティンで元気に過ごしていることがわかりました。早速、電話をかけると、彼はびっくりして「奇跡だ！一年後に会おう」と驚喜し、ついでにモスクワ時代の思い出を綴った自著『ゴルバチョフの黄昏とエリツィンの勝利[74]』をすぐに送るから、と約束してくれました。おまけに嬉しさのあまり、一緒に共著論文集を出そうとさえ提案する有様でした。元気そうな様子に涙が出てきました。帰国後に受け取った先生の著書には私のことが写真入りで大々的に紹介されていたのにはとても驚きました。残念ながら、先生は一年を待たずして他界され、再会はなりませんでした。モスクワで彼と知り合ったことは、私にとって大きな財産です。ほかにもノヴィンスキ君の紹介で、オルシティン大学の研究者で、やはり郷土派研究者のひとり、ローマン・ユルコフスキ氏と連絡をとることができたことです。残念ながら、いまなお面識はありませんが、のちにメールのやり取りをする間柄となり、私の郷土理念研究に花を添えることになりました[75]。その翌年、クラクフで第二回海外のポーランド史研究者大会に参加したのを機会に、

(72) Макото Хаясака, *Idea krajowa w refleksji historycznej. Analiza porównawcza*, Першы міжнпродны кангрэс даследчыкаў Беларусі працоўные матэрыялы, Том 1, 2012.

(73) Franciszek Nowiński, *Polacy na Syberii Wschodniej. Zesłańcy polityczni w okresie międzypowstaniowym*, Gdańsk 1995.

(74) Jan Sobczak, *Zmierzch ery Gorbaczowa i tryumf Jelcyna. Mój znikający świat...(z „Dziennika moskiewskiego" 1990 - 1992)*, Warszawa 2012.

(75) Roman Jurkowski, *Ziemiaństwo polskie kresów Północno - Wschodnich 1864 - 1904*, Warszawa 2001; tenże, *Sukcesy i porażki. Ziemiaństwo polskie Ziem Zabranych w wyborach do Dumy Państwowej i Rady Państwa 1906 - 1913*, Olsztyn 2009; tenże, *Kowieński marszałek, grodzieński gubernator. Kresowe początki kariery politycznej Piotra Stołypina (1889 - 1903)*, Olsztyn 2015.

キエフ・モヒラ・アカデミーの彼女の研究室にて。左からヤコヴェンコ女史とムィツィク君

ウクライナ正教会の祭服を着た長司祭ムィツィク君

留学時代以来の友人オシェーユク君とポドラシエ地方再訪の旅にでかけました。合同教会派の虐殺事件をめぐる経緯、リトアニア大公国史の西境をどう把握するかを再確認するよい機会となりました。ベラルーシ東部のポーロックと比較しながら、近代的ネイションの形成過程の跛行性を考える旅でもありました。

第二回国際ベラルーシ大会に参加する前に、時間を割いて三泊四日の予定でキエフを訪れます。拙著『ベラルーシ』を含め、私が刊行した著作すべてをムィツィク君に手渡すためでした。彼は体制崩壊後、自分の信念でウクライナ正教会の司祭に叙階された人物です。彼の教え子が現ウクライナ正教会の総主教だとのこと、ずいぶんと影響力をもち、活躍しているんだなと思いました。キエフで提供された寝ぐらは、彼の教え子の正教司祭の家でした。彼の世話になりながら、ウクライナ正教会の実情やギリシア・カトリックとの関係などの話を聞くことができました。久しぶりにウクライナ語、ロシア語、ポーランド語のチャンポンの会話を楽しむことができました。彼によれば、ムィツィク君は脳に動脈瘤ができて言語障害を起こしていて、話す意味がよく理解できないと嘆いていました。二日目、私はムィツィク君の案内で地下墓所ラウラを訪れ、空っぽになった聖女イェフロシニアの棺をみました。一九一〇年にキエフからポーロックへの聖遺骸の移転儀式の経緯に思いを馳せました。キエフではナタリア・ヤコヴェンコ女

左から私、ボリャク氏、ムィツィク君

史が待っていました。まだまだ彼女の研究水準には達していない自分の不明を恥じつつ、旧交を温めることができたのは嬉しかったですね。またヘンナジィ・ボリャク氏にも会い、世話になったことへのお礼を述べました。ムィツィク君はキエフのモヒラ・アカデミーの教授職を務める傍ら、ここの聖堂の主任司祭も務めており、病床にあるにもかかわらず、なお活躍している様子、素晴らしいことです。

　キエフをあとにヴィリニュスへ向かい、ヴィリニュスの空港ではタマラ女史が待っていました。第二回国際ベラルーシ大会では、欲張りすぎかと思いましたが、ブロニスワフ・タラシキェヴィチとポーランド第二共和政の関係について報告しました[76]。今回のクラクフ、キエフ、ポドラシエ地方、グダンスク、カウナス、ヴィリニュスへの旅は本当に疲れる、慌ただしい強行軍でしたね。よく体力がもちました。我ながら驚いています。第二回大会では拙著『ベラルーシ』のプレゼンテーションがプログラムに組み込まれ、多くの人を前に「歴史的リトアニアとの邂逅とベラルーシへの眼差し」をテーマに二〇分ほど話す機会を与えられました。拙著も参会者に回覧され、物珍しさから好評でした。いずれにせよ、私には大変名誉なことです。大会終了後は懇親会が一次会、二次会と続きました。二次会ではスマリャンチュク君にテルアビブ大学から来ていたザハル・シュビエカ教授[77]を紹介され、三人でビール

（76）Макото Хаяcака, *Działalność polityczna Bronisława Taraszkiewicza w kontekście historii Dalekiego Wschodu*, Другі Міжнародны Кангрэс Даследчыкаў Беларусі. Працоўныя матэрыялы, Том 2, 2013.

（77）Захар Шыбека, *Нарыс гісторыі Беларусі (1795 - 2002)*, Мінск 2003; Захар Шыбека, *Гарадская цывілізацыя: Беларусь і свет*, Вільня, 2009; Захар Шыбека, *Мінск. Сто гадоў таму*, Мінск 2007.

ドロータ・ミハルーク女史とタマラ女史

カウナスの居酒屋にて。スマリャンチュク君（右）、シュビエカ氏と私（左）

を飲みに行きました。話してみると、私と同年齢で意気投合しました。彼からテルアビブに来ないかと誘われましたが、私はヘブライ語は話せない、と答えると、「あんなもの、誰が喋るんだ。ロシア語とポーランド語が喋れば十分だ！」との答えが返ってきました。ヴィリニュスに戻って、タマラ女史から「カウナスでは誰に会った」と聞かれたので、「シュビエカに会った」と答えると、彼女は「あいつは愛を求めてテルアビブに行ったのよ！」と笑い出し、要するに、愛人を追っかけてテルアビブに行ったのが真相のようでした。シュビエカ教授とスマリャンチュク君にホテルまで送ってもらったあと、寝酒のつもりで地下の居酒屋バルに降りると、ドロータ・ミハルーク女史ら何人かがビールで盛り上がっておりました。私の姿をみて、「お前もこっちへ来い」と誘われ、明け方近くまで呑み続けたのは楽しかったですね。

　第一回大会のときでしたか、懇親会のあとのホテルまでの帰り路、ワルシャワから来られたアンナ・エンゲルキング女史をエスコートしながらロシア人旧教徒のことを話題にしたことがありました。彼女が「あなたはリトアニアで何をしていたの」と聞くので、とっさに私は「ロシア人旧教徒の農村調査をしている」と答えると、彼女は「ああ、モスカリのことね」とさりげなく答えるのです。私はそのときまでロシア人旧教徒とモスカリとが同じであるとは思っておりませんでした。モスカリとはロシア人に対する蔑称、悪い意味です。どういうことかというと、帝政ロシア統治時代、旧教徒はロシア軍の非正規部隊の兵卒に編入され、ロシア化の道具に仕立てられた暗い過去に由来するからです。

彼女の話を整理すると、帝政ロシア当局は旧教徒を完全な抑圧弾圧の対象とはせず、適当に優遇して脱ポーランド化にうまく利用していたということなのです。ですから在地社会にとっては権力の手先の象徴であり、被差別部落のような存在として嫌悪されたのです。一方の旧教徒は当局から生活に必要な最低限の土地を当てがわれるのですから、こんなうまい話はありません。彼女の話を聞いて、なるほど旧教徒の村落というのは三〇〇年の逃亡移住に遡る古いものではなく、精々一月蜂起以降のものにすぎず、モスカリが悪いことばとして広く定着した理由がよくわかりました。帝政ロシア当局は積極的にロシア人農民の移住を奨励しましたが、旧教徒以外のロシア人農民は在地社会に溶け込めず、四散する傾向が強かったようです。他方、行き場のない旧教徒はギリギリの生活でも甘んじて受け入れ、独自の教団組織を守り抜くことができたというわけです。私は納得しました。国家権力と宗教の関係がよくわかりました。

　ヴィリニュスに戻ってからのポタシェンコ君との酒呑みにも忘れ難い思い出があります。日本でも近年、ロシア人旧教徒に対する関心は高まっているようですが、歴史学的考察という点ではまったく生ぬるい。論外です。私は『イスタンブル東方機関』でロシア人旧教徒がコサック連隊に編成される経緯について記述しましたが、容僧派旧教徒（поповцы）が今日まで存続しているのはアダム・チャルトリィスキ公の承認の下にハプスブルク帝国の領域内に教団組織を設けることを内々にウィーン政府の内諾を得たことが背景にあります。このことはいうまでもなく帝政ロシアの南下政策に対抗するための戦略だったのはいうまでもありません。その具体的な実行者が現地で東方機関の指揮を執ったミハウ・チャイコフスキだったのです。リトアニア・ベラルーシでの農村調査でわかったことは、帝政ロシアが旧教徒を懐柔する一環として、一面で優遇し、他面で差別するやり方だったこと、それが帝政ロシアの民族宗教政策の基本だったということでした。当時の総督だったアンドレイ・スタンキェヴィチによる歴代総督によるロシア農民の定住化に関する報告書はそのことを証明しております。[78] ポタシェンコ君とこんな話をしたことがあります。なぜ

(78) Андрей Станкевич, *Очерк возникновения русских поселений на Литве*, Вильна 1909; *его же*, *Первые шаги крестьянской реформы в Северно - Западном крае*, Вильна 1911.

タマラ女史と私。ヴィリニュスのレストランにて

ロシア人旧教徒が大ロシアから大量に逃亡してきたのか。仮説的な彼の答えは明快でした。同じ時期のイギリスのチューダー絶対王政の確立期に清教徒がアメリカへ移住したのと同じだというのです。私は膝を打った。まさにその通りだ。私は同じことが日本の幕藩体制のはじめにも起こったではないか、と思いました。島原の乱があってキリシタン弾圧があったが、キリシタンは壊滅したのではなく、日本国中に四散し、様々な職能集団として潜伏したのではないか。まったくよく似た社会現象が絶対主義化が進む過程で起きたのです。この着想は、まさにポタシェンコ君との酒呑みのなかで生まれたものでした。しかし、まだ考察の途中で、完成させるには至ってはおりません。いつか実現したいものだなと思いました。

酒を呑みながらポタシェンコ君に日本に来ないかと誘ってみました。彼のことをよく知る一橋大学名誉教授中村喜和先生も会いたがっているからというと、ぜひ行きたいというので、帰国後に彼の招聘手続きに入りました。東工大は潤沢な研究費が使えるので、これを使ってその後もタマラ女史とスマリャンチュク君を招聘することができました。タマラ女史が来日したときは春爛漫！　花見気分であちこちみて廻り、上野や鎌倉の花吹雪を楽しみました。スマリャンチュク君が来日したときは、同行した娘オルハがひとりで鎌倉へ行って座禅を組んだり、私の別荘に来て遊んだり、日本情緒にたっぷり浸ってもらえたのが嬉しかったですね。帰国後、「日本のどこが気に入ったの」と聞くと、「伊豆の別荘が最高だった」とのこと、ありがたいことです。ついでに述べると、たまたま来日中のワルシャワ大学の東洋学者ダリウシ・コウォジェイチク氏を別荘に招いたこともありました。酒呑みをしながら、ふとコンスタンティ・ボジェンツキ（ジェラーレッディン・パシャ）のことに話題が及び、その著書『往古のトルコ人と近代のトルコ人』[79]（一八六九年）の所在を尋ねたことがありました。そうしたら彼は「どうしてそんなことを知っているのか。ボジェンツキのことを知っているのは世界中で五人も

ワルシャワのダリウシ・コウォジェイチク君の自宅にて

いないよ」と言って驚き、「この書物はアンカラのアタチュルク廟の附属図書館に一点所蔵されているだけなんだ」「自分はそのコピーをもっているから、それをもう一度コピーして君にあげるから」と約束してくれたのです。実は、私は最初の著書『イスタンブル東方機関』のあとがきに僅かながらすでに紹介しておいたのですが、もっとも当時は一次史料もなく、断片的な情報を繋ぎ合わせるだけの紹介で、ましてや荒唐無稽の話しではないかとさえ疑ったほどでした。酒呑みも悪くないですね。国際交流ができる別荘を購入して本当によかったと思っています。おかげでボジェンツキについては、拙著『近代ポーランド史の固有性と普遍性[80]』で詳細に考察することができました。これもコウォジェイチク氏との酒呑みの成果です。

二〇一一年三月、ながいあいだ交流が途絶えていた旧友レシェク・クーク君と連絡がとれました。彼がポーランド科学アカデミーのローマ・センター長をしているとは知らず、びっくりしました。ローマから講演を依頼されたので、つまらない原稿をまとめながらローマ行きの準備をはじめました。出発間際に東日本大震災、原発事故が相次ぎ、旅行どころの話ではなかったのですが、何とか成田飛行場にたどり着き、アリタリア航空のローマ便に乗ることができました。彼は私がローマには来れないと思っていたようでしたが、無事に到着し、彼の世話でローマの休日を楽しむ

(79) Mustapha Djelaleddin [Konstanty Borzęcki], *Les turcs et modernes*, Constantinople 1869.
(80) 早坂眞理『近代ポーランド史の固有性と普遍性——跛行するネイション形成』彩流社、二〇一九年、二〇一～二二五頁。

ローマのポーランド科学アカデミーで講演する私。レシェク・クーク君（左）

ことができました。私は彼がナンシー大学に去って、もうポーランドには戻らないと思っていたのですが、人生とはわからないものですね。フランス滞在中に『Kultura』誌を主催するイェジィ・ギェドロイツをはじめ、クシシトフ・ポミャンらと知り合い、またポミャンの幼友達であるイェジィ・ボレイシャ先生、そしてダニエル・ボーヴォア先生と幅広く交流の輪を広げることができたからです。ローマで彼の説明を聞きながら、執筆中の郷土理念に対するギェドロイツの位置づけが明確となり、拙著に盛り込むことができました。彼にはただただ、感謝あるのみ。ローマでの私の報告原稿は、嬉しいことにイタリア語に翻訳されて印刷されました。[81]

定年——再び病魔に倒れる

試行錯誤、断片的な仕事を続けていても、新生リトアニアが独立する過程が第一次世界大戦、ロシア革命、ソ連ポーランド戦争、リガ条約へと目まぐるしく変化する国際情勢に翻弄されていたことがよくわかります。パリに拠点を置く亡命ロシア人勢力と列強との駆け引き、イギリスとフランスによる東欧の勢力分割、すなわちフィンランド、エストニア、ラトヴィアはイギリスの勢力下に、リトアニアとポーランドはフランスの勢力下に、事実上の勢力分割が行われ

晩年のヤヌシ・ベクシャク先生。ワルシャワの先生のご自宅にて

たことは同じころの中東分割案とも符合し、今日の国際政治の原型を作っているといっても過言ではないのです。リトアニアという小国が誕生する政治過程を分析しながら、国際政治史の壮大なうねりを観察することができます。ドイツ第二帝政下のミッテルオイローパ構想、それが第一次世界大戦とロシア革命によって脆くも崩れ去り、その廃墟の上にイギリスとフランスによる勢力分割、それに挑戦するナチス・ドイツの台頭と第二次世界大戦によるその破綻、その過程でティモシー・スナイダーが語る「流血の大地」が生じたのです。

前にも述べたように、郷土理念に取り組みながら、ベラルーシ問題へ深入りしてしまい、こちらの方が一足先に完成してしまいました。次著『リトアニア――歴史的伝統と国民形成の狭間』[82]（二〇一七年）の後編であるはずが、あべこべになってしまいました。話は遡りますが、重粒子線の治療で入院中にヤヌシ・ベクシャク教授の訃報が届きました。その半年前にワルシャワのご自宅に伺ったとき、「自分は何人かの日本人との交流はあったが、ごく自然にポーランド語で腹蔵なく話ができる日本人はマコト・ハヤサカただひとりだ」と褒めていただきました。それが彼の最後のことばでした。別れ際に彼は近著二冊を私にくれました。[83] その半年後、病床中の私宛に奥さんヨアンナさんから訃報が届い

(81) Makoto Hayasaka, *Studi storici giapponesi sulla Polonia e l'Europa Centro-Orientale: Risultati, Prospettive, Condizionamenti*, Atti dell'Accademia Polacca, vol. II 2011.

(82) 早坂眞理『リトアニア――歴史的伝統と国民形成の狭間』彩流社、二〇一七年。

(83) Janusz Beksiak, *Polska gospodarka w XIX wieku. Esseje historyczno - ekonomiczne*, Łódź 2003; tenże, *Falowanie aktywności gospodarczej. Przypadek polski*, Warszawa 2013.

たのです。ベクシャク先生は父方がウクライナのポドレ地方、母方がリトアニアのジェマイティア地方の出身と聞いております。お別れしてから二年後に、私は『リトアニア――歴史的伝統の国民形成の狭間』を上梓することができました。彼の気持ちを斟酌した作品であったと自負できます。亡くなる前にお見舞いしておいて本当によかったと思いました。

二〇一四年春に六五歳で定年を迎えるとともに次から次へと奇妙な病気に罹り、七転八倒の苦しみを味わうことになります。もうダメかなと思いつつ、あと二年生き永らえればとの期待を込めつつ、年来の郷土派理念の研究に没頭しました。闘病中にポメラニアンの愛犬レオを看取ります。秋も深まるころ、別荘で畳の上で寝転がって日向ぼっこしながら『ヴィルノ評論』誌のコピーを広げて読んでいると、愛犬レオが史料の上に寝転がって邪魔をします。「お父さん、もう勉強しなくてもいいよ。十分読み込んだからもう大丈夫だよ」とでも言っているかのように私の耳には聞こえるのです。その一か月後、愛犬レオは静かに息を引き取りました。一七歳と五か月、天寿を全うしました。まるで私の郷土理念の研究の完成を見届けるかのような大往生でした。編集者に完成原稿を手渡したのはその三か月後のことです。二年後の二〇一七年初夏、ポーランド語、ベラルーシ語（スマリャンチュク君の翻訳）、リトアニア語（バイラシャウスカイテ女史の翻訳）を添えて刊行し、海外でも高い評価を受けました。この本はダニエル・ボーヴォア先生にも献本し、好評価をいただきました。

仕事中、いつも脱線を繰り返している私ですが、ときに脱線することも悪くはないと思うこともあります。ベラルーシ民族主義者アダム・スタンキェヴィチ神父の論説集が説教台から発せられる文章であることにふと気付いたことも、そのひとつです。郷土の偉人の偉業をミサの説教台から力強く教えることがスタンキェヴィチ神父の説教のやり方でした。具体例を挙げれば、ナロードニキとしてアレクサンドル二世の暗殺に加担し、爆死した郷土出身のイフナツィ・フリニェヴィエツキに関する論考も実は説教台から力を込めて教えるための草稿だったのです。スタンキェヴィチ神父がペテルブルグの大神学校時代に魅了されたウラディーミル・ソロヴィヨフのソボールノスチ論も、説教台から力を込めて信徒に向かって教えるためにまとめられた原稿だったのです。世は大ロシア主義の全盛期でした。

これに強く反発するスタンキェヴィチ神父はソロヴィヨフのソボールノスチ論に感銘を受け、抑圧されている在地社会の民族復興に尽力したのです。彼はまたスイスのエメリヒ・ヴァッテルの共和主義思想にも感化されております。この点では郷土派の代表格ミハウ・レメルも同じでした。レメルが理想とするリトアニア社会とは、ルソー的な小農民による健全な土地経営を基礎とするものでした。ですから、工業化によって四散し、郷土を離れていった産業労働者をレメルはリトアニア人とはみなしません。レメルは若いころパリで学んでいたときにフランスの社会主義思想に感化されますが、ボリシェヴィキ的な農業の集団化は拒否し、西欧型の共和主義思想に基づくルソー主義的な小農民社会の建設を理想としたのです。逆説的に思えるのですが、リトアニア民族主義運動の領袖ヨナス・バサナヴィチウスを開祖とするリトアニア・キリスト教民主党の戦略（リトアニアのエンデツィア）とも重なり合うところがあるようにみえます。見方を変えれば、いずれもヨーロッパの共和主義思想の土壌の上に成長した、ヨーロッパの共通知といえるものなのではないでしょうか。

余談ですが、その直後に編集者からの依頼でイレーナ・パウエルの自伝的回想のゲラの全面的な直しを依頼されました。現地の事情の分からない人には翻訳は無理だなと思い、また編集者もお手上げ状態だったので、お手伝いすることにしました。訳し直し、解説文を付記しながら、ユダヤ人問題へ関心の幅を広げるよい機会になったと思います。[84]

イェジィ・スコヴロネク名称学術功労賞を受賞する

そんな矢先、ヴィリニュスからタマラ女史の六五歳を記念する祝賀行事があるから一筆書いてほしいとの依頼メー

(84) イレーナ・パウエル『ホロコーストを生き抜く――母の伝記と娘の回想』彩流社、二〇一八年。

ヴロツワフ郊外のヴィンニツキ君の庭での酒宴

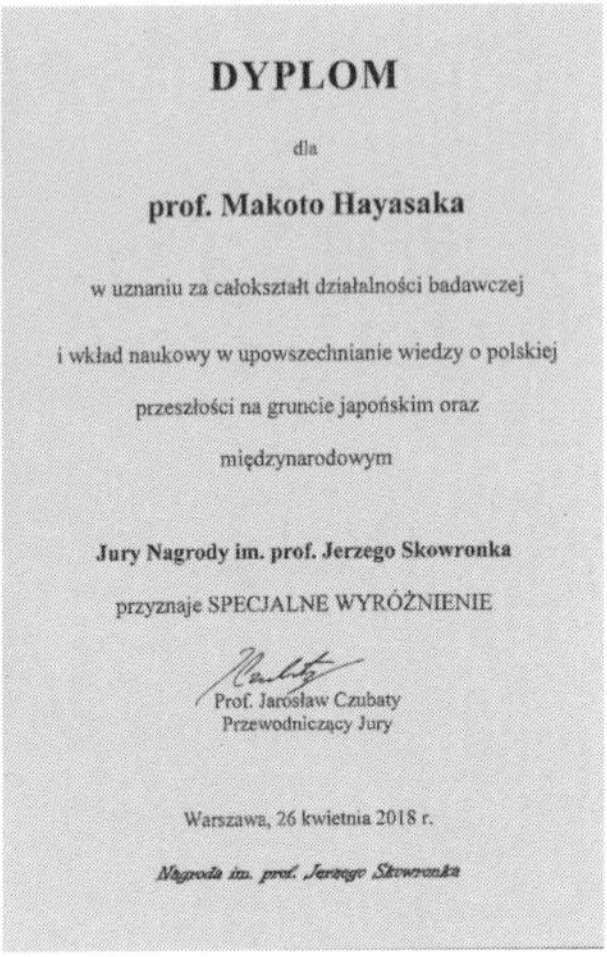

DYPLOM

dla

prof. Makoto Hayasaka

w uznaniu za całokształt działalności badawczej
i wkład naukowy w upowszechnianie wiedzy o polskiej
przeszłości na gruncie japońskim oraz
międzynarodowym

Jury Nagrody im. prof. Jerzego Skowronka

przyznaje SPECJALNE WYRÓŻNIENIE

Prof. Jarosław Czubaty
Przewodniczący Jury

Warszawa, 26 kwietnia 2018 r.

Nagroda im. prof. Jerzego Skowronka

学術功労賞の賞状

ルが届きました。もちろん私がヴィリニュスに行くことはないのを承知の上でしたが、あとで招待状が送られてきました。私は急いで祝辞を書いてメールで送りましたが、あとで送られてきた彼女の祝賀行事の写真をながめながら、私もそろそろ他人様を顕彰する役回りの年齢になったのかなと感じました。そんな私にも、古希を前に疲労困憊していた二〇一八年五月一七日の早朝でしたか、「イェジィ・スコヴロネク記念学術功労賞」を受賞したとの通知が届きました。びっくりしましたが、大変な名誉であることに恐縮してしまいました。授賞式にはもちろん参加できませんでしたが、急いで選考委員会宛てにお礼とスコヴロネク先生の思い出を綴ったメールを送り、あとで表彰状が送られてきました。

そんな矢先、トルン大学のレシェク・クーク君から講演を依頼されました。滞在費は出してくれるというので、助かると思い、行く決心をしました。立て続けに今度はヴロツワフ大学のユリアン・ヴィンニツキ教授からもメールがあり、こちらでも講演してくれないかというのです。彼はカウナスで私が報告したことを知り、私の所属先の東工大にメールを送ってきて交流が復活したのです。彼とは四〇年以上消息がなかったですが、よくまあ私のことを覚えてくれたなと感謝しています。おまけに私がカウナス滞在中に知り合ったミコワイ・イヴァーノフ氏とは親友であるらしく、またオルシティン大学のローマン・ユルコフスキ氏とも親しい間柄のようでした。人間関係とは狭いなと思いつつ、研究交流の輪が広がったことに感謝しております。

俗称“ヴィリニュスのモンマルトル”にて。左手前からポタシェンコ君の奥さんマリー、ポタシェンコ君、右手前からタマラ女史と私

晩年のイェジィ・ボレイシャ先生

　トルン大学で講演を済ませ、一路ポズナンへ向かい、ヤン・ユルキェヴィチ君を訪問します。郷土理念に関しては大先輩であり、彼との交流なくしてここまで私は郷土理念の研究を進めることはできませんでした。彼の支えがあったからこそリトアニア研究の碩学泰斗ユリウシ・バルダフ先生とも親しくさせてもらうことができたのです。ヴロツワフからまっすぐワルシャワへ戻ろうと思っていたのですが、ズドラダ先生がクラクフへ寄って行けというので、三時間ほどクラクフに立ち寄り、ズドラダ先生と会食しながら、私の受賞の経緯についてお話を伺うことができました。ワルシャワに戻ると、ボレイシャ先生が待っていました。自宅に私を招きたかった様子でしたが、私は翌日ヴィリニュスに行く予定があったので、国立図書館（Biblioteka Narodowa）でお会いしました。私が「先生、私は七〇歳の大台に乗ります。研究の方はもう限界です」と言うと、「何を言うか。自分はもう八〇歳代の半ばの人間だ。まだ研究を続けている」と叱咤激励されたものです。八〇歳を超えた高齢の教授は完成間近の『回想録』[85]を贈るからと約束してくれました。その後訪れたヴィリニュスでは、いつもながらタマラ女史、ポタシェンコ君、それにミクニス君と他愛のない世間話をしながら初夏のひとときを過ごしました。郷土理念について私なりに仕事をひと通り終えたあとなので、いまさら史料を読みに文書館へでかける気力もなく、ポタシェンコ君の家で奥さんマリーのヴェジタリアン料理をご馳走になり、楽しいひとときを過ごしました。

（85）Jerzy Borejsza, *Ostaniec czyli ostatni świadek*, Warszawa 2018.

帰国後、一念発起して若い頃のやり残しの仕事に着手します。それまで書き連ねてきた論文などを大幅に書き直し、二〇一九年秋に『近代ポーランド史の固有性と普遍性』として上梓にこぎつけました。これも国内外から高い評価を受けました。もっともこの作品は、最初の著書『イスタンブル東方機関』を大幅な手直ししたものでもありますが、改めて体系的にアダム・チャルトリィスキ公伝として学術書にまとめたものです。本書のなかでチャルトリィスキ派の戦略に対抗するヨーロッパ共和主義運動の系譜も再検討してみました。ゲルツェン（一八七〇年没）、マッツィーニ（一八七二年没）、バクーニン（一八七六年年没）、ブランキ（一八八一年没）、ガリバルディ（一八八二年没）といった当時の錚々たる共和主義運動の立役者たちがそれぞれ異なる立場から共和主義の道標を示しながら、国際政治に切り込んでいった経緯も把握することができました。バクーニンの予言者的な革命的汎スラヴ主義もその文脈で再吟味しなくてはならないのでしょう。中東史の関連でも、とくにバルカン半島史をみても、新オスマン人派の共和主義的改革（マッツィーニ主義）も同じ文脈で構想されたもので、のちのケマル・パシャのトルコ主義とは一線を画すものとなったことにも注意を向ける必要があります。トゥールスキの政治活動を通してフランス革命以来のジャコバン派の伝統を読み取ることができましたが、ヘンリク・カミェンスキの戦略「人民戦争論」をトゥールスキが継承していることこそが重要なのです。フランス革命とロシア革命は断絶していたのではありません。ポーランドの共和派運動を介して連動していたのです。

ソ連邦時代には民族解放運動の一環としてスラヴ諸民族の民族解放運動の史料が随分出されましたが、モスクワ滞在中の私もこれらの史料を夢中で集めてみたものです。一見して教条的にみえて不必要と思える史料であっても、もう一度読み直す必要があるのではないかといまでは思っております。ですから、いまだに捨てることもできず、別荘の書架に並べてあるのです。加えて、ボレイシャ先生が回想録で予言的な発言をしていることにも注意しなくてはなりません。社会主義運動とファシズム大衆運動の分かれ目がすでに共和主義運動のなかに萌芽として内在していたのではないか、という指摘です。つまり社会主義とファシズムの両義性をボレイシャ先生は追及していたのではないか、ということです。彼は母親がユダヤ系でした。幼少時、一九四一年七月一日のルヴフでのユダヤ人虐殺をうまく生き延びましたが、そのとき父親はスペイン内戦に参加していて人民戦線派のジョージ・オーウェルと同じ組織にいたようでした。まさにオーウェルの『カタロニア賛歌』の世界そのものです。戦後は人民ポーランドの要職に就きますが、スターリンに命を狙われ、自動車事故を装ったテロにより半身不随の重傷となり、政界から失脚する運命を迎えます。ソ連邦支配下では西欧型の社会主義に身を置くことは許されなかったのです。ボレイシャ先生の推測によれば、人民ポーランド時代のこうした人たちの子供たちは思想教育のためなのでしょうか、ソ連邦の大学に留学生と称して送られたそうで、ボレイシャ先生は「自分はスターリンの人質だった」と自嘲気味に述べています。幼友達のクシシトフ・ポミャンも一緒にソ連邦に送られたひとりだったそうですが、彼はソ連邦の現実に嫌気がさし、ポーランドに戻ってすぐにワルシャワを離れてパリへ行き、二度とポーランドには戻りませんでした。ボレイシャ先生はポーランドに戻ったあと学界で活躍します。一九六九年に『アダム・ミツキェヴィチの秘書、アルマン・レヴィ』[86]を著し、文壇にデビューしました。私は最初の留学中、この本を入手して夢中で読んだものです。いまになって彼の母親の蔵書中にその史料があったとは想像もできませんでした。彼はすでに一九六六年に博士論文『一月蜂起後の亡命ポーランド』[87]を書き上げ、学界での地位を固めていましたが、ユダヤ系であることを理由に迫害の対象となり、一九六八年の政変でポーランドを逐われることになります。彼は『旅券をもたない愛国者、ヴァレリィ・ヴルブレフスキ』を執筆しますが、まさに自分自身をパリ・コミューンの英雄ヴァレリイ・ヴルブレフスキの運命に仮託したのでしょう。この本は三版を重ねるほどの売れ行きだったそうですが、第三版の序文にヴルブレフスキの副官役を務めたトゥールスキの活動に触れて私のことを「マコト・ハヤサカは正しい」と絶賛しているのです。[88]私は送られてきたこの本を読ん

（86）Jerzy Borejsza, *Sekretarz Adama Mickiewicza (Armand Lévy i jego czasy 1827 - 1891)*, Warszawa 1969.

（87）Jerzy Borejsza, *Emigracja polska po powstaniu styczniowym*, Warszawa 1966.

（88）Jerzy Borejsza, *Patriota bez paszportu*, Warszawa 2008, wyd. III, s. 9.

でびっくりしました。残念ながら、ボレイシャ先生は拙著『近代ポーランド史の固有性と普遍性』の上梓に間に合わず、七月二八日にこの世を去りました。人民ポーランド時代の生き字引き、ヨーロッパを代表する知性の最期でした。彼が追い求めたものは現代のポピュリズムに対する警告にも通底するのではないかと思われます。まさに現代史への警鐘を鳴らしていたのでしょう。

　立憲君主政論の系譜を辿ってみると、チャルトリィスキ派を引き継いだガリツィアの道化師たちの政治路線、すなわちガリツィアの自治こそが、ガリツィア・モデルとして士族共和政復活の理論的基礎となっていたことがわかります。前著『リトアニア』でも考察しましたが、独立はたとえ無理でも、どのようにして自治を獲得し、維持していくかが在地のエリートの現実的な努力目標だったからです。チャルトリィスキ派の政治論は啓蒙主義以来の普遍主義的世界観をもってヨーロッパ国際政治のなかで脈々と生き続けました。クリミア戦争後のパリ講和会議でも挫折したとはいえ、同じことがいえます。その後のベルリン会議でも黙殺されたとはいえ、自治回復の要求が提起されました。どうしてかといえば、ガリツィアの自治という盤石な政治的基礎があったからです。だからこそ、分割以降も「ポーランド問題」はヴェルサイユ講和会議に上程されるまで不滅だったといえるのではないでしょうか。第一次世界大戦とドイツ第二帝政のミッテルオイローパ構想の破綻、ロシア革命、そして相次ぐ民族諸国家の独立によって在地エリートの夢は潰えました。しかし、ナポレオン戦争期からウィーン会議に至るアダム・チャルトリィスキ公のヨーロッパ構想は、現在の国連外交にもまちがいなく受け継がれており、この観点からもヴェルサイユ講和会議におけるポーランド問題の位置づけを問い直す必要があるでしょう。

見果てぬ夢――自伝の執筆、最高のジンテーゼをめざして

スマリャンチュク君は二〇二〇年度のワルシャワのペンクラブで特別表彰を受けました。彼の長年の郷土派研究の集大成とも言うべき、ベラルーシ語で書かれた労作『ローマン・スキルムント伝』[89]に対する表彰です。郷土理念の研究に携わってきた仲間たちは、皆でメールでお祝いをしました。彼の表彰は郷土理念の研究に携わってきたわれわれ一同にとっても大変な名誉であり、郷土理念が国際的に認知された瞬間であったと思います。前記の『近代ポーランド史の固有性と普遍性』を著した直後、スマリャンチュク君から私に自伝的なエッセーを彼が主催する学術誌『歴史人（Homo Historicus）』に掲載したいので書いてもらえないかとの依頼がきました。自分はとてもそれに値する偉い歴史家でもないので、当面は辞退したいとの返事をしました。その一週間後でしたか、キエフの友人ムィツィク君から「お前のプロフィールをウクライナの学会誌に掲載したいので業績リストを送れ」というメールを受け取りました。日本語以外の著書を書いたこともない自分がとてもその役割には値しないと思ったのですが、横文字で書いた文献を探してみると、結構の数の雑文がありました。そこで邦語文献のタイトルはポーランド語かロシア語などに翻訳し、ムィツィク君に業績リストを送りました。すると、「これで十分だ」という返事が返ってきました。もちろん私の書くものなど大したものは

スマリャンチュク君と私。2018年6月、ワルシャワにて

（89）Алесь Смалянчук, *Раман Скірмунт (1868 - 1939): Жыццяпіс грамадзяніна Краю*, Мінск 2018.

ありませんが、なかにはよく書けているなと思う拙文もいくつかあります。そのひとつがディヤコフ先生の指示で書いたモスクワの置き土産「ミハイロ・ドラホマノフとロシア・ジャコバン派の論争」であったことは前に述べました。

しかし、本来の私の仕事は、ポーランド近代歴史学の基礎を定めたクラクフ歴史学派の分析、とりわけその総帥ミハウ・ボブジンスキ史学であったはずです。拙著『近代ポーランド史の固有性と普遍性』の「あとがき」に、その続編をまとめることを予告しておきました。若いころ挫折した仕事を、四〇数年を経たいまになってまとめることが私に課せられた宿題なのです。ボブジンスキの論考「歴史の真理の名の下に[90]」を読むと、私は今井登志喜の『歴史學研究法[91]』とのあまりにも類似に驚かされます。近代歴史学の黎明期に登場したハプスブルク帝国領ガリツィアに登場したボブジンスキ史学と、日本近代の歴史学との共時性を追跡することが私に残された最後の仕事なのかも知れません。自分の研究はなお道半ばというところでしょうか。若輩のころ、未熟ながら書いた拙文「ニコライ・カレーエフとミハウ・ボブジンスキの対話」と「ポーランド史学思想史におけるクラクフ歴史学派とワルシャワ歴史学派の対抗」をもう一度書き直さなくてはなりません。文献を整理してみると、史学史や歴思想史関係の文献資料をよくまあこれだけ集めてきたものだとわれながら感心します。加えて、ありがたいことに、近年イェジィ・マテルニツキ先生の所属するジェシュフ大学のお弟子さんのアグニェシュカ・カヴァレツさんからマテルニツキ先生の著述などを送ってくれるので大変助かります。先生とは最初のポーランド滞在中にお会いしたことはなく、ご挨拶もできず失礼しておりましたが、いまは研究業績を挙げてお返しするしかないですね[92]。ガリツィアの自治を舞台にしたクラクフ法制史学派というアカデミズムの発展は、周辺諸地域にも多大な影響を及ぼしています。あくまでも仮説ですが、考察する価値はあります。リトアニアの郷土派ミハウ・レメルはパリへ出発する前の一年間、ヤギェウォ大学法行政学部で聴講しており、ウクライナの郷土派ヴャチェスラフ・リピン

イェジィ・マテルニツキ先生

スキイもヤギェウォ大学法行政学部で学んでおります。ウクライナの国家学派の確立者と称されるリピンスキイの恩師にウワディスワフ・レオポルド・ヤヴォルスキという法行政学者がおります。この人物はクラクフ歴史学派の重鎮ミハウ・ボブジンスキの同僚で、親しい間柄でした。同じく同僚の法制史家スタニスワフ・エステライヘルとも親しかったはずです。リピンスキイもレメルも当時のクラクフの学風をしっかりと学んでいたことはまちがいありません。民主派と目されるレメルと保守派・君主政主義者と呼ばれるリピンスキイとはそれぞれ政治的立場は異なりますが、『ヴィルノ評論』誌をよむと、おたがいに郷土理念を守ろうと相互に交流していたことがよくわかります。いまだ誰も注目していないテーマですが、レメルやリピンスキイの知的背景をしっかりと見据えることも、新生ウクライナやリトアニアの国家学の行方を知るうえで確かな道標になると信じております。

私はこれまで何冊かのモノグラフィーを出版してきましたが、ヤン・アダムスの歴史研究の方法にしたがえば、「最高のジンテーゼ」を目指すことを最終目標に据えなくてはなりません。[93] それとともに外国人研究者として、「開かれた東欧史」「自立した東欧史」をどう組み立てるのか、ということも私に課せられた課題だと信じております。世界史の自己完結性がはっきりする「西欧史」に対して、一九世紀の民族解放論に支えられた、「裏庭」意識に凝り固まった東欧史をそのまま翻訳するようでは困ります。社会主義史観はそれを補完したものでしかありませんでした。地球の反対側に住む私たちが歴史の客観性＝普遍性に切り込むに当たっては、方法論として比較史の観点を踏まえるのは当然です。比較史の視点から当該地域の国民史学の形成過程を観察しながら、私は自分自身と向かいながら、「最高のジ

(90) Michał Bobrzyński, *W imię prawdy dziejowej*, [w:]tenże, *Szkice i studia historyczne*, t. 1, Kraków 1922, s. 1-35.
(91) 今井登志喜『歴史學研究法』東京大学出版会、一九五三年。
(92) Jerzy Maternicki, *Dydaktyka historii w Polsce 1773 - 1918*, Warszawa 1974; tenże, *Idee i postawy. Historia i historycy polscy 1914 - 1918*, Warszawa 1975.
(93) Jan Adamus, *Monarchizm i republikanizm w syntezie dziejów Polski*, Łódź 1961, s.12 - 90.

ンテーゼ」とは何かをめざし、模索しつつ、試行錯誤の毎日を過ごすことになるでしょう。

おわりに

私の研究生活の原点はキェニェヴィチ教授のゼミであったといっても過言ではありません。同じゼミ生であったリシャルド・ジェリホスキ君とはそれ以来の付き合いであり、私の拙いポーランド語の添削者でした。彼はいまもワルシャワの政治学研究所の上級研究員として、ベネルクス三国をはじめとするヨーロッパの小国を研究する優れた研究者です。私が一番辛い時期に文献史料を送ってくれたありがたい友人で、彼が送ってくれた史料はいまも別荘の書架に並んでおります。[94] 二年前に会ったときは、ハンナ・アーレントをテーマに現在のヨーロッパの政治情勢を議論しました。学ぶことの多い、得難い親友です。私がはじめて生活の拠点を置いたのは、ワルシャワの中央区（Środmieście）のロズブラト通り16／18番地のグールスキさん一家でした。グールスキさんの家には最初の三年半だけでなく、一度帰国したあとも私の部屋はそのまま用意されていて、通算二〇年間にわたってお世話になりました。ワルシャワの友人たちは「第二の故郷だね」といってくれます。下宿を選ぶにあたって、一家がワルシャワの中産階級の人たちであり、立派なポーランド語を話す人たちだったので安心して下宿先に選びました。一家が体験したワルシャワ蜂起の世代感覚を、一緒に生活しながら私も身に着けることができました。

リシャルド・ジェリホフスキ君と一緒に。ワルシャワの彼の自宅にて

私は外交官ではなく、ジャーナリストでもなく、ビジネスマンでもなく、旅行

業者でもなく、事情通でも翻訳屋でもありません。下らない「ポーランドよもやま話」など書くつもりはまったくありません。かぎられた史料を駆使する歴史家の端くれです。研究に終わりはありません。アイデアは尽きません。私の見果てぬ夢は続きます。しかし、体力には限界があります。そのことをボレイシャ先生に教えられました。人生は有限です。百歳、二百歳まで生きるなんてことはあり得ません。人間に寿命があることに気が付かない人が周囲には実に多い。仕事ができるのは、精々八〇歳くらいまででしょう。「雪の降る街よ！／思い出だけが通り過ぎてゆく」という歌があります。「思い出だけが通り過ぎてゆく」とはなんと素晴らしい歌詞なのでしょうか。走馬灯のように取り留めのない思い出が目の前を通り過ぎては消えていきます。思い出は人それぞれ異なります。これまで私が書き連ねてきた文章に登場する人物は、海外の歴史研究者、アカデミックな領域に限られた人たちだけです。これ以外にも思い出深い人たちがたくさんおりましたが、割愛しました。国内の友人たちについても同様に省きました。還暦を迎え、脳梗塞で倒れたのを機に学会活動はすべてやめました。六五歳の定年を迎えたときに、はじめに述べた難治の骨腫瘍を発症し、これを機会に所持してきた邦語の学術誌をすべて廃棄しました。何の未練もありませんでした。

研究会、勉強会の集まりで酒を呑み、ワイワイ騒いで時間を過ごすことも嫌いな方ではありませんが、私はもう参加することはありません。時間とお金の無駄使いだけです。学位といっても、日本でも素晴らしい業績に値するものがないわけではありませんが、大半は自動車の免許証みたいなものです。二年前にワルシャワへ行ったとき、ジェリホフスキ君に私が日本では「自転車操業のような雑文が多くて困る」と愚痴を述べると、彼は「ポーランドでも同じだよ。競馬の馬だよ」という答えが返ってきました。茨城大学在職中から大学院重点化がはじまりましたが、高等教

(94) Ryszard Żelichowski, *Lindleyowie: Dzieje inżynierskiego rodu*, wyd. 2, Biblioteka Societas Lindleiana, tomy I - III, Warszawa 2019; tenże, *Flandria, Seria „Europa w skali mikro”*, ISP PAN, Warszawa 2018; tenże, *Baarle Nassau - Hertog, Seria „Europa w skali mikro”*, ISP PAN, Warszawa 2015; tenże, *Stosunki polsko - holenderskie w Europie pojałtańskiej*, ISP PAN, Warszawa 2014; tenże, *Stosunki polsko - holenderskie w Europie powersalskiej*, ISP PAN, Warszawa 2013; tenże, TRIO, Warszawa 2012.

2019年の正月。自慢の晩白柚と愛犬レオ（二代目）

ベランダで娘に甘える愛犬レオ（二代目）

育政策の失敗例の見本でしたね。私自身も騙されてこの道に踏み込んでしまったのかな。いまとなっては半分後悔することもありますが。

今日の私があるのは病気のおかげなのかも知れません。四月二四日、私は神奈川県立癌センターを退院しました。三月三〇日に入院して以来、二六日間に及ぶ長い入院生活でした。新型コロナ騒ぎで外出外泊も許されず、近親者との面会も大幅に制限される毎日でした。退院して横浜駅に来ると、シャッター街で食事をすることもできず、コーヒー一杯さえ飲めず、辛うじて崎陽軒のシュウマイ弁当を買うことができただけでした。みどりの窓口で踊り子号の指定席券を買い、汽車に乗ると、私が乗った車両には乗客は誰もおらず、貸し切り状態でした。異様な風景でしたね。伊豆高原駅の行きつけのお茶屋さんが話すには、伊豆でもコロナ疎開が起きているらしく、普段別荘に来ない別荘族が大挙してやってきて困ると地元の人たちは嘆いていたそうです。家に帰ってから、伊豆の銘茶グリ茶をガブ呑みしました。美味しかったですね。もう若いころように、スキーを楽しむこともできず、登山もできず、近くの海岸で魚釣りもできず、愛犬と一緒に駆けっこもできない身体になってしまいました。伊豆高原に永住するに当たって、アウトドア用品は何の未練もなく、すべて廃棄しました。いまは自分の好みに合わせてリフォームした純和風建築の別荘暮らしを満喫しております。河津桜、巨木の大島桜、モッコウバラのアーチ、生垣のツバキの花を楽しみ、自慢の晩白柚、文旦、シークワーサーを栽培しております。春の沈丁花、秋の金木犀、梅雨時の紫陽花、初夏のヤマユリなど伊豆の花暦を楽しみながら、細々と仕事を続けられる幸せをかみしめております。古今東西、「死者のことば」「死者との対話」にこだわった歴史家がたくさんおりました。いずれの場合も過去と向き合うことの大切さを教えてくれます。キケロの箴言「歴史は生活の師（Historis Magistra Vitae）」、これこそがいまも変わらない私の人生訓です。

二〇二〇年七月、ヤマユリの香り漂う伊豆高原の寓居にて

クールニクのジャウィンスキ宮殿にて。ユルキェヴィチ君と私

【補遺】：ユーリ・ムィツィクの紹介文[95]と、ユルキェヴィチ君（ポズナン大学終身教授）の私の業績に関する紹介論文を掲載します。この論文はワルシャワの学会誌『リトアニア年報』に掲載される予定の原稿です[96]。それぞれウクライナ語とポーランド語ですが、そのまま掲載します。最後に月並みな謝辞ではありますが、今回も竹内淳夫氏には特段のご配慮をいただきました。いつもながらの感謝の気持ちをお伝えしたいと思います。「人間臭い出版という営為」にいつも変わらぬ情熱を傾け続ける竹内氏には、尊敬以外に思いつくことばはありません。

　初稿ゲラの校正をしていたときに、ヴィリニュスのミクニス君経由でユルキェヴィチ君から悲しい知らせが届きました。ベラルーシの反体制

(95) ムィツィク君の原稿は、彼が以前に私について書いた以下の原稿も参考にしております。Юрій Міцік, *Японскій прафесар пра Беларусь*, «Новы час», № 47 (368), 13 снежня 2013 г.

(96) Jan Jurkiewicz, *Spojrzenie z japońskiej perspektywy. Historia Białorusi i Litwy w badaniach Makoto HAYASAKI*, ”Rocznik Lituanistyczny”, nr. 6, 2020, s.287-295.

活動家としても知られ、私にこの原稿（自伝）の執筆を勧めてくれたアレシ・スマリャンチュク君が政情不安に揺れるベラルーシのグロドノ市の自宅で逮捕されました。いまは拘留中の身で、判決を待っているとのことです。私はスマリャンチュク君から「郷土理念」研究がベラルーシの国家理念のイデオロギー性を問い直すものであるだけでなく、世界史的にみても普遍性をもつテーマであることを教えられました。私は自分の研究に誇りと自信をもつことができたことを付記しておきます。

近代ポーランド史の固有性と普遍性 978-4-7791-2644-4 C00232 (19·12)

跛行するネイション形成　　　　　　　　　　　　早坂真理著

ポーランドの近代国家形成を支えるナショナリズムの錯綜する複雑な諸相を読み解き、世界史と連動する固有性と普遍性を考察する傑作！ ポーランド分割から現代に至る壮大な歴史過程を俯瞰し、学説史を押さえながら新たなのイメージを展開。Ａ５判上製　5,800 円＋税

リトアニア 978-4-7791-2340-5 C0022 (17·07)

歴史的伝統と国民形成の狭間　　　　　　　　　　　　早坂真理著

複雑に錯綜する地域の中で、「歴史的リトアニア」という多元文化社会を元にした郷土理念を持つ人物の思想と行動、その郷土理念が影響する政治の流れが表出した出来事を読み解いていく“早坂史学”の成果。東欧・ロシア史研究の基本図書。Ａ５判上製　5,800 円＋税

ベラルーシ 978-4-7791-1913-2 C0022 (13·07)

境界領域の歴史学　　　　　　　　　　　　早坂真理著

宗教世界の変転。ルーシとリトアニア大公国、ポー ランド分割時代、帝政ロシア、ソ連時代。明確な自 己統治機構を持たずに歩んだベラルーシの複雑な歴 史。「境界領域」の問題性やナショナリズムの跛行 性の姿を史学思想史的に考察。　Ａ５判上製　4,800 円＋税

スラヴ世界 978-4-88202-390-6 C0030(96·03)

革命前ロシアの社会思想史から　Ｂ．Ａ．ディヤコフ著　早坂真理／加藤史朗訳

東と西の文化・思想交流で生じたスラヴ主義と西欧主義の対抗関係、各時代の政治的思惑で利用されてきたスラヴ思想の解釈への批判。スラヴ世界全体における思想の諸相とその相互性を描き、民族主義に対置する多元性の視点を提出する。Ａ５判上製　4,660 円＋税

近世ポーランド「共和国」の再建 978-4-7791-1101-3 C0022 (05.07)

四年議会と五月三日憲法への道　　　　　　　　　　白木太一著

ポーランドの政治文化の原点に迫る！ 18 世紀のヨーロッパ“変革”の時代を背景に展開されたポーランド＝エストニア連合国家における国制改革論や諸法規改変を通して見る国制の伝統と変化・再生の姿を探る労作。図版多数。　A5 判上製　3,500 円 + 税

エストニア国家の形成 978-4-88202-804-8 C0022(03·04)

小国の独立過程と国際関係　　　　　　　　　　大中　真著

「民族自決権」とは？ 国際関係における国家とは？ 第一次大戦 - ロシア革命直後、バルトの小国エストニアは、いかにして独立国家となりえたのか。英・米・ソなどの一次資料を駆使し、国際関係史の視座からその独立過程を詳細に検証する。　Ａ５判上製　3,000 円＋税

ホロコーストを生き抜く 978-4-7791-2428-0 C0022 (18.03

母の伝記と娘の回想　　イレーナ・パウエル著　河合秀和訳／早坂眞理 翻訳協力

ホロコーストに関する異色の一冊。乳飲み子を抱えた母親が「死に神を騙し抜いて生き延びた」話と戦後の母娘の確執と絆。著者の個人史の中で描き出される“記憶に留めるべき悲劇の時代”の証言。ポーランド史の中の複雑なユダヤ人の歩みでもある。　Ａ５判上製　4,600 円＋税

■編著者紹介

早坂眞理（はやさか　まこと）東京工業大学名誉教授

1948 年、札幌市出身

1983 年、北海道大学大学院文学研究科博士後期課程修了

1974~79 年、ワルシャワ大学歴史学部およびポーランド科学アカデミー歴史研究所留学

1992~93 年、旧ソ連科学アカデミー・スラヴ学バルカン学研究所客員研究員

1994 年、ポーランド科学アカデミー歴史研究所客員研究員

1983~1996 年、茨城大学教養部専任講師、助教授、教授歴任

1996 年 ~2014 年、東京工業大学工学部教授配置換え、同大学院社会理工学研究科教授

【著書】

『イスタンブル東方機関――ポーランドの亡命愛国者』（筑摩書房、1987 年）

『ウクライナ――歴史の復元を模索する』（リブロポート、1994 年）

『革命独裁の史的研究――ロシア革命運動の裏面史としてのポーランド問題』（多賀出版、1999 年）

『ベラルーシ――境界領域の歴史学』（彩流社、2013 年）

『リトアニア――歴史的伝統と国民形成の狭間』（彩流社、2017 年）

『近代ポーランド史の固有性と普遍性――跛行するネイション形成』（彩流社、2019 年）

【翻訳】

ブロニスワフ・ゲレメク『憐れみと縛り首――ヨーロッパの貧民』（平凡社、1994 年）

ウラディーミル・ディヤコフ『スラヴ世界――革命前ロシアの社会思想史から』（彩流社、1996 年）

スラヴ東欧研究者《とうおうけんきゅうしゃ》の備忘録《びぼうろく》――フィールドノート断章《だんしょう》

2021 年 1 月 10 日発行　　　定価は、カバーに表示してあります

編著者　早　坂　眞　理

発行者　河　野　和　憲

発行所　株式会社　彩　流　社

〒 102-0071 東京都千代田区神田神保町 3-10

TEL 03-3234-5931 FAX 03-3234-5932

ウェブサイト　http://www.sairyusha.co.jp

E-mail　sairyusha@sairyusha.co.jp

印刷　モリモト印刷㈱

製本　㈱難波製本

装幀　渡辺将史

ISBN 978-4-7791-2728-1 C0022

■執筆者紹介

ユーリ・ムィツィク（о. Юрий Мыцык）キエフ・モヒラ・アカデミー付置聖堂・長司祭
ウクライナ科学アカデミー古文献学部門上級研究員
キエフ・モヒラ・アカデミー教授兼務
1949 年、ドニエプロペトロフスク市（現ドニープロ市）生まれ
1974 年、助手
1977 年、准教授
1990 年、教授
1996-2010 年、キエフ・モヒラ・アカデミー大学教授
2010 年～同終身教授
【研究業績】

1. Сівєрщина гєтманськихчасів, Т.1 XVII ст. , Кіїв 2020.
2. Джерела з історії Національно - визвольної війни українського народу середини XVII століття, Дніпропетровськ, 1996; Чигирин - гетьманська столиця, Киев 2007.
3. Джерела з історії Національно-визвольної війни українського народу 1648-1658, Киев 2012-2015. – т. 1 - 4.

ヤン・ユルキェヴィチ（Jan Jurkiewicz）ポズナン大学歴史学部終身教授
1946 年、ポズナン県オストシェシュフ市生まれ
1947 年、講師
1989 年、准教授、教授資格取得
1997 年、教授
2014 年、終身教授
【研究業績】

1. Rozwój polskiej myśli politycznej na Litwie i Białorusi w latach 1905 – 1922, Poznań 1983.
2. Powinności włościan w dobrach prywatnych w Wielkim Księstwie Litewskim w XVI – XVII wieku, Poznań 1991.
3. Od Palemona do Giedymina. Wczesnonowożytne wyobrażenia o początkach Litwy, cz.I: W kręgu latopisów litewskich, Poznań2013.

第二章　極東から東欧史を瞥見する

ユーリ　ムィツィク

о. Юрій Мицик д.і.н., проф., заслужений діяч науки і техніки України (Київ)

Погляд на історію Східної Європи з Далекого Сходу

17 вересня 1978 р. я прибув до Польщі, де мав проходити 10-місячне наукове стажування. Воно розпочалося в Кракові і я був поселений в гуртожитку для студентів і аспірантів «Piast». Оскільки навчальний рік у Польщі починався 1 жовтня, а не 1 вересня як у СРСР, корпус був майже порожній і мене поселили у номері на другому поверсі (I piętro). Уточню: номер складався з двох кімнат, в кожній з котрих мало проживати 2 особи. Мене поселили разом з білорусом з Мінська, філологом Олександром Буликою (нині – доктором філологічних наук). Познайомившись з ним, я запитав: «А хто наш сусід?». Булика відповів: «Історик Макото Хаясака з Саппоро». Це мене дуже зацікавило. Я був трохи обізнаний з Японією та ії культурою, а в СРСР часом показували японські художні фільми, імена й творчий доробок блискучої кінозірки Тосіро Міфуне та актриси Комакі Курихара були мені добре відомі. Оскільки ж мені доводилось читати студентам історичного факультету Дніпропетровського державного університету курс «Історія країн Азії та Африки», то минуле Японії, який я відводив чимало місця, не було для мене чимось загадковим. Особливо мене приваблювала православним світом державного і військового діяча XVI ст. Тоетомі Хідейосі, хоча деякі аспекти його політики (боротьба з християнством) важко назвати прогресивними.

Булика познайомив мене з Макото. Я з великим зацікавленням розглядав його. Макото був лише на рік старший від мене. З першого погляду він був типовим японцем. До цього часу я їх взагалі не бачив, якщо не рахувати фотографій та фільмів. Це й не дивно, бо я народився й виріс у Дніпропетровську, «закритому місті», центрі космічних і ракетних досліджень і виробництва. Колись Хрущов, погрожуючи Сполученим Штатам Америки, говорив «в Дніпропетровську роблять стільки ракет, як сосисок!». Макото був брюнет середнього росту, худорлявий, небагатослівний, хоча

польською і російською мовами володів добре. Про українську і білоруську мови ми не питали, але він і ними володів, хоча не так добре. Подібними були наші сім'ї: дружина і дочка. Після закінчення університету Саппоро він проходив наукове стажування у Польщі (переважно у Варшаві і Кракові) (1975-1979 рр.) Уже тоді він відвідав Підляшшя – прикордонний регіон, де поляки, білоруси й українці живуть поруч і який зберіг свій строкатий культурний ландшафт. У 1983 р. він здобув у своїй «альма матер» науковий ступінь (PhD) і став працювати в університеті Ібаракі (ад'юнкт, доцент, професор).

Звичайно через понад 40 років важко пригадати зміст наших розмов з ним, але пам'ятаю, що вони в основному стосувалися Японії та кола наших наукових інтересів. Останні мали малувато спільного. Якщо Макото вивчав насамперед XIX ст., то я – XVI-XVIII ст. Питав я його про вірші хокку і Макото причитав мені один для прикладу японською. Здивувало мене те, що в японців немає анекдотів (хоча тут ми може не зовсім зрозуміли один одного). Я майже щовечора ходив у кіно. Недаремно Польщу називали тоді «найвеселішим бараком комуністичного концтабору». На відміну від СРСР з його «залізною завісою» у Польші було набагато більше свободи і зокрема тут демонстрували масу західних фільмів різних років виробництва, починаючи з 30- х років. Якось ми разом з Макото пішли на перегляд італійського фільму «Кіт з сімома хвостами». Це прекрасний детектив! Макото погодився з моєю оцінкою, але був стриманішим. Коли ж я поділився з ним враженнями про японський фільм про Годзилу (в Польщі демонстрували й багато японських фільмів), то Макото тільки посміхнувся: «Це ж дитячий фільм!». Так, однак для мене це було свого роду відкриття, бо в СРСР зовсім не показували фільмів такого роду, як і фільмів жахів тощо. Одна риса Макото врізалася мені в пам'ять. Він багато і наполегливо працював і блискуче підтвердив мої уявлення про японців і німців (якщо говорити про Європу) як особливо працьовитих людей. З 1 жовтня 1978 р. ми жили в різних номерах «Пясту» і працювали зазвичай в різних архівних і бібліотечних установах, Макото віддавав перевагу бібліотеці Польської Академії Наук, я – Державному (воєводському) архіву Кракова і бібліотеці Чарторийських, до того ж виїжджав для праці у Варшаву та Вроцлав. Отже ми бачилися тепер епізодично. Однак коли я виїжджав на батьківщину, ми обмінялися адресами і з того часу знаходимося в листуванні. До речі, всі листи Макото я передав на зберігання у мій фонд в Інституті Рукопису Національної бібліотеки України ім. В.І.Вернадського у Києві.

У 1992- 1993 рр. Макото був на стажуванні в Росії (1992-1993 рр.). На початку 1992

р. він повідомив мене, що відвідає Україну і що хоче побувати в Дніпропетровську. На той час моє місто було вже відкритим для іноземців і проблем з його відвідинами не було. Однак треба сказати, що 90- і роки увійшли в історію постарадянських країн як «лихие». Це російське слово, яке означає «удалые», «буйные», «разгульные», «бесшабашные» береться в лапки «» і вживається з сумною іронією, оскільки на цей період припадає розгул злочинності, бандитизму, збіднення народу й т.д. Для його означення ідеально підходить українське слово «лихі», тобто дуже тяжкі, сповнені трагедій.

Уже по приїзду Макото в Дніпропетровськ (нині – Дніпро) на залізничний вокзал я звернув увагу на його красиву спортивну сумку, до якої був причеплений шкіряний ярлик з японськими ієрогліфами. Було зразу видно, що її власник приїхав з-за кордону. «Навіщо цей ярлик?» - запитав я. «Це моє ім'я і в разі, якщо сумка загубиться, одразу знайдуть її хазяїна, тобто мене». «Негайно відірви, бо це буде як приманка для злодія. І взагалі, говори в разі необхідності, що ти з Казахстану. Так ти поясниш свою нетипову для європейця зовнішність і шанси, що тебе пограбують зменшаться, бо життєвий рівень в Казахстані ще нижчий, ніж в Україні».

Я узгодив перебування Макото з керівництвом Дніпропетровського Державного Університету, де працював тоді професором кафедри історії України, і як було узгоджено з Макото назвав його своїм стажером. Він поселився в університетському гуртожитку, бував само собою зрозуміло у мене вдома, ми часто прогулювалися містом, розглядаючи його пам'ятки та історичні місця, а на Великдень 1992 р. побували на богослужінні. Це було пасхальне богослужіння Української Православної Церкви (УПЦ) Київського Патріархату (нині – Православної Церкви України). Тоді дана Церква відроджувалася уже втретє у XX ст.(її відродження у 1921 і 1941 роках кінчалося розстрілами духовенства, що чинив комуністичний режим), а тепер вона визнана православним світом. Але тоді вчорашні комуністи, позиції яких були особливо сильними на сході та півдні України, відверто підтримували Російську Православну Церкву на Україні, котра маскується під назвою **Української** Православної Церкви, замовчуючи, що вона належить до **Московського** патріархату. Саме тому всі вцілілі після комуністичних репресій православні храми в Дніпропетровську, які служили музеями, спортзалами тощо, були передані УПЦ МП, залишаючи УПЦ Київського Патріархату без жодного храму. Ми були змушені тоді проводити богослужіння надворі біля Преображенського Собору (у ньому йшла служба УПЦ МП), незважаючи на дощову погоду. Так Макото міг переконатися у тому як виконується стаття Конституції

про свободу віросповідування у посткомуністичних країнах! Керівництво ДДУ дуже просило Макото, щоб він провів кілька занять гуртка по вивченню японської мови, що він і зробив, за що всі ми були йому дуже вдячні. В сусідньому місті Запоріжжі проходила конференція, присвячена 500-річчю козацтва. Це була перша за 70 років конференція з історії козацтва, бо тоді воно було під фактичною забороною. Приїзд Макото до Запоріжжя викликав справжню сенсацію. Японський вчений говорить про українське козацтво! Під час цієї подорожі він побував також у Києві, Львові і в Криму (цей півострів ще не був анексований Росією). Взагалі цей візит в Україну спонукав Макото до більшого зацікавлення історією України і до вивчення української мови. Своє наукове стажування Макото завершив тоді у Польщі.

Невдовзі перебування Макото добігло кінця і він мав вирушити до Львова. Ми придбати квитки на поїзд і я попередив Макото, щоб він не вступав у розмови з випадковими попутниками і знову попереджав, що він є нібито з Казахстану. Тут Макото не зовсім мене послухався і наслідком цього було те, що в дорозі у нього вкрали фотоапарат. Через кілька років я отримав монографію Макото про Україну («*Україна, як відбудувати свою вітчизняну історію*») природно, японською мовою і побачив там свою фотографію. Але насамперед важливо те, що науковець звернув увагу на Україну й Білорусь, які досі були в тіні Росії та Польщі. Сам Макото спочатку займався полоністикою, зокрема діяльністю Міхайла Чайковського, та русистикою, зокрема історією старообрядців.

Макото ще бував в Україні проїздом, спілкувався з істориками, але в Дніпропетровськ не заїжджав. 1997 р. до виходу на пенсію (зараз він живе на березі моя у 100 км. від Токіо) він працював професором Технологічного Університету в Токіо і в цей період був на науковому стажуванні в Литві (1996-1998 рр.). В той час він працював уже в Технічному Університеті в Токіо, а я з 1996 р. працюю у Києві (Національний Університет «Києво-Могилянська Академія» та Інститут Української Археографії та Джерелознавства ім. М. Грушевського Національної Академії Наук України). Лише у 2017 р. він відвідав Київ на кілька днів і ми знову мали змогу поспілкуватися. На жаль, на той час і він і я були в не найкращому стані, оскільки перенесли тяжкі хвороби (зокрема я після інсульту погано говорив).

Тепер перейдемо безпосередньо до наукової проблематики. Насамперед треба сказати, що в дореволюційній Російській імперії слов'янознавству належало почесне місце. Справа не в любові російського офіціозу до науки чи слов'ян, а в тому, що саме слов'янознавство активно використовувалося для популяризації панславізму

в його російській упаковці. Останній мав полегшити експансію Російської імперії в Європі, насамперед загарбання нею Західної України, Чехії, Словаччини, решти польських земель, посилити позицію імперії на Балканах. В СРСР панславізм здобув «друге дихання» в роки Другої світової війни і в наш час в Росії домінують ці тенденції в слов'янознавстві. В дореволюційній Україні ж склалася інша ситуація. Її яскраво характеризують слова видатного українського історика Дмитра Дорошенка: «слов'янські справи в Україні зробились за останні десятиліття не дуже популярними через те, що цими справами займались і ніби взяли в монопольну опіку так звані „слов'янофільські круги", котрі свій інтерес до слов'янства сполучали з вузьким та нетерпимим московським націоналізмом. Ці казенні слов'янофіли готові були цькувати і душити національний рух як серед слов'янських народів, що вже належали до імперії, як то Українці, Білоруси, Поляки, так і серед решти слов'ян, якими цікавились та яким допомагали різні „Слов'янські доброчинні комітети" з Росії».

Чільний український історик і громадсько-політичний діяч другої половини 19- початку 20 століття, зокрема М. Грушевський, відкрито виступили проти «панславізму», вбачаючи в ньому загрозу для національних інтересів українського народу.

В СРСР Україна формально була незалежною (навіть членом ООН!), а фактично залишалася колонією Росії. Через це українське слов'янознавство мусило розвиватися тільки в офіційному річищі аж до фактичного здобуття України незалежності у 1991 р. Але тут виникли економічні труднощі, навіть економічна криза, внаслідок чого слов'янознавство лише жевріє… Ще в гіршому стані опинилася білоруська історична наука. Тому для українських і білоруських славістів особливо дорогим є неупереджене слово істориків Заходу. До останніх сміливо можна приєднати і Японію, в котрій завдяки таким авторам як Макото Хаясака закладені підвалини сучасного слов'янознавства. В інших країнах Сходу воно не розвивається, за винятком хіба що Туреччини.

Вже після візиту в Україну у 1992 р. вийшла перша монографія Хаясаки, яка була присвячена історії України (1). Пізніше вийшла й друга, в котрій автор звернувся до польсько-російської проблематики (2). Тут розглядалася історія російського якобінства (насамперед П.Ткачова) та його вплив на ідеологію народництва 70-х років XIX ст. Ця проблема цікава й тому, що згідно з популярною в зарубіжній історіографії точкою зору, попередником Леніна був саме Ткачов – один з трьох стовпів народництва. Хаясаку приваблює постать «останнього якобінця» Каспара Міхайла Турського, який входив до

групи бланкістів у Франції, заснував свій гурток і особисто зацікавив Ткачова своєю діяльністю. До речі, Турський хоча був поляком, був тісно пов'язаний з південною Україною (Херсонщина) і тому ця постать особливо цікава українським історикам.

Дослідження цього моменту польсько-російсько-французьких відносин у ранньому соціалістичному русі і стало науковим завданням книги Хаясаки, з яким він успішно упорався. Ним були простежені насамперед зв’язки польської еміграції (М. Турського, В. Врублевського, Я. Домбровського) з французькими бланкістами, гарібальдійцями, навіть з Марксом та Енгельсом; досліджена расистська теорія Ф. Духінського, діяльність С. Нечаєва і справа нечаївців (вбивство Нечаєвим та його спільниками студента Іванова спричинило появу роману Ф. Достоєвського «Біси»); програма журналу «Набат»; організація «Народна воля» тощо. Особливий інтерес для україністів має розділ 9 монографії «Суперечка про шляхи вирішення національного питання між російськими якобінцями та М. П. Драгомановим»). Про це ж Макото писав і в своїй російськомовній статті (3). Було підкреслено, що хоча російські й польські революціонери сприймали погляди Драгоманова у тій частині, де він критикує царат, але займали протилежні позиції, коли він писав про політику русифікації українців, критикував засилля польської шляхти на Правобережній Україні. Як тут е згадати аксіому: російська (додамо – й польська) демократія кінчається там, де починається українське питання. Окремі громадсько-політичні діячі (Д. Овсянико-Куликовський автор брошури «*Записки южнорусского социалиста*») все ж сприйняли й ці погляди Драгоманова і навіть певною мірою їх розширили (федералізація Російської імперії: виділення Великоросії, Малоросії, Білорусії й Польщі й боротьба за соціалізм окремими політичними партіями – гасло «национализирования социализма»), але такі погляди були піддані критиці самим Ткачовим, котрий у цьому відношенні був, як переконливо свідчить матеріал книги Макото, звичайним російським великодержавним шовіністом.

Значно більший інтерес україністів і білорусистів викликала вже перша книга своєрідної трилогії Макото. Ця трилогія присвячувалась державам, які виникли на теренах колишньої Речі Посполитої, тобто Білорусі (2013), Литви (2017) й Польщі (2019) (4) (про Україну він писав раніше). Природно, що книги вийшли японською мовою, а в Україні не так уже багато людей, які нею володіють. Добре, що вони мають докладне резюме англійською та польською мовами, що дозволяє оцінити доробок автора. Значний інтерес науковців (5) викликаний тим, що перша книга була присвячена історії Білорусі – найближчої сусідньої держави до України і найближчого до українців

білоруського народу. А історія Білорусі нерідко нерозривно пов'язана з історією України. Так автор детально зупиняється на історії чудотворної ікони Коденської Богоматері (нагадаємо, містечко Кодня знаходиться на етнічній українській землі – Підляшші), а Сапіга, який у XVII ст. викрав ікону з Ватикану, належав до українсько-білорусько-польського магнатського роду.

Макото вже в I розділі окреслює наукову мету й методи дослідження, насамперед компаративістику і говорить про важливість вивчення історії Білорусі (це є дуже важливо для японського і західноєвропейського читача, бо там звикли мати справу з Російською імперією та Польщею, а про Білорусь, як і про Україну, часто мають лише приблизне уявлення). Автор зупиняється на концепції «западнорусизма», яка поділялася не тільки офіційною історіографією і царських, і радянських часів. Відповідно засуджувалася діячі польського національно-визвольного та революційного руху, навіть видатні, які нерідко мали білоруське коріння як от: Тадеуш Костюшко, Кастусь Калиновський, Ігнатій Гриневецький. Лише із здобуттям незалежності в 1991 р. білоруська історична наука почала відходити від ленінських догм і шукати нових шляхів. І тут книга Макото являється одним з показників цього процесу. Про це свідчить і загальна характеристика білоруської історіографії з кінця XIX ст. Автор піддав справедливій критиці русифікаторську теорію М. Кояловича (1828-1891), згідно з якою білоруські землі є частиною земель царської Росії, а Польща тільки анексувала те, що їй не належало. Позитивно Макото оцінює роль видатного білоруського історика М. Довнар-Запольського, який робив наголос на розвитку національної самосвідомості білорусів. Прикметно, що автор доречно відзначив аналогічну з М. Довнар-Запольським роль найвидатнішого українського історика М. Грушевського у розвитку української історіографії. Дуже важливим є й те, що автор високо оцінив погляди білоруських істориків В. Ластовського і В. Ігнатовського, котрі вбачали першу державу білорусів у Полоцькому князівстві домонгольських часів. Зазначимо, що насамперед за це обидва історики були знищені в роки сталінських репресій. Власне він торкається й історії Полоцького князівства XI-XIII ст., на постатях полоцького князя Всеслава і св. Єфросинії. Остання особливо замовчувалася в СРСР оскільки там проводилася політика войовничого атеїзму. Потім він переходить до періоду Ренесансу та Реформації і пов'язаних з ними історіографічних концепцій, насамперед протестантського руху і політичній діяльності канцлера Великого князівства Литовського (ВКЛ) Льва Сапіги (1557-1633). Слід зауважити, що в японській історіографії відсутня інтерпретація Смути з перспективи ВКЛ і звичайно дослідники

створювали негативний образ «польської інтриги», спираючись виключно на російську історіографію. Зупиняється Макото і на таких важливих подіях в юридичній сфері: прийняття Литовських статутів у XУІ ст., досліджує доробок видатних славістів які займалися питаннями історії права: білоруса В. Пічети і поляка Ю.Бардаха. Вчений розглядає історію Підляшшя, де зійшлися традиції сходу й заходу Європи тих часів, описані складні процеси в релігійному життя регіону: запровадження унії кінець XVI-XVIII ст., а після розділів Речі Посполитій і приєднання Підяшшя до Російської імперії в кінці XVIII ст. розгорнулося переслідування уніатів, які в ходу революції 1905-1907 рр. масово перейшли в римо-католицизм. Це тяжко відбилося на становищі українців і білорусів, котрих силою змушували обирати між русифікацією та полонізацією. Важливе місце приділяється проблематиці Берестейської унії 1596 р., починаючи від місіонерської діяльності митрополита Йосифа Вельямина Рутського та вбивства у 1623 р. вітебського єпископа Йоасафата Кунцевича. Макото торкається історії ордену Василіан, Замойського Синоду (Собору) 1720 р., який прискорив латинізацію уніатського обряду, а разом з цим і полонізацію українців та білорусів. Розглядається релігійна політика Російської імперії, насамперед заборона унії у 1839 р., діяльність єпископа Йосифа Семашка, що викликало протест в середовищі польської еміграції і польського історика Валеріана Калінки (1826-1886). Досліджуюється діяльність останнього у боротьбі проти русифікації, а також германізації.

Монографія завершується сюжетами XX ст.: розглядається діяльність білорусиста з Підляшшя М. Янчука (1859-1921), активних діячів білоруського Відродження початку XX ст. ксьондза А. Станкевича (1891-1949), мовознавця Б.Тарашкевича (1892-1938); політика білорусизації та її трагічний кінець в 30- х роках. Цікаво, що Макото зупиняється на незвичних для словянської історіографії сюжетах: порівнює польську політику з політикою японського уряду в Маньчжурії. Врешті він висловлює загальний погляд на націєтворення в Європі, починаючи з Французької революції кінця XVIII ст., розглядає період брежневського застою в СРСР виникнення дисидентського руху, виступ білоруської інтелігенції, в першу черг письменника Василя Бикова, на захист білоруської мови, виникнення нової білоруської історіографії, яка веде боротьбу за незалежний погляд на історію і зазнає переслідувань з боку режиму Лукашенка.

У заключній книзі трилогії найголовніша проблема, яку вирішує автор, це польська політична думка з кінця XVIII ст. до січневого повстання 1863 р., аналіз діяльність князя Адама Чарторийського та його прихильників (Отель Ламбер) і двох течій в їхньому середовищі (монархічна та республіканська). Спочатку Макото

зупиняється на понятті національної ідеї, її початках (від Англійської революції XVII ст. до поширення у XIX ст. на всю Європу), зв'язок «Молодої Італії» (1831 р.) Джузеппе Мадзіні та «Молодої Польщі» (1834 р.), особливо щодо здобуття державної незалежності. Апофеозом національно-визвольних рухів стала «Весна Народів» 1848 р. У подальший період національна ідея стала еволюціонувати в напрямку інтегрального націоналізму, котрий на рубежі XIX-XX ст. скристалізувався у політичні погляди Романа Дмовського. Розглядаються дві історіографічні концепції у польській історичній думці XIX ст.: монархічна (державна, песимістична) і республікансько-демократична (національна, оптимістична). Поділ між ними став формуватися в часи Великої Еміграції. Діячі з оточення князя Чарторийського виразно протиставлялися демократичній інтерпретації історії Йоахима Лелевеля. Вони знайшли особливу підтримку консерваторів Галичини на чолі із т. зв. Станьчиками. Тут сформувалася т. зв. краківська історична школа (Валеріан Калинка та ін.). В опозиції до неї сформувалася варшавська історична школа, представник якої Владислав Смоленський виступив зокрема проти культу Бісмарка і катастрофічної оцінки історії Польщі. Предметом дослідження є також життя й діяльність князя Адама Чарторийського (1770-1861), особливо того періоду, коли він входив до найближчого оточення царя Олександра І. Був проаналізований його меморандум 1803 р. («*Sur lesystème...*»), у котрому він пропонував стримати наполеонівську Францію (план третьої коаліції), який передбачав також об'єднання Італії, Німеччини, створення федерації слов'янських народів під егідою Росії (при відродження незалежності Польщі!). Але поразка російської армії під Аустерліцем, Тільзитський мир поставили крапку на цих планах. Після поразки повстання декабристів Чарторийський висунув новий меморандум («*Essai...*»), в якому розвивалися ідеї попереднього меморандуму з урахуванням думок Імануїла Канта, Максиміліана де Сюллі та інших мислителів. Авторитет князя виріс настільки, що його вважали некоронованим королем Польщі. За думкою історика другої половини XX ст. Маріана Кукеля Чарторийський був предтечею ідеї Ліги Націй та ООН і цей погляд був підтриманий багатьма істориками і політологами. В IV-VI розділах було проаналізовано період після поразки повстання 1831 р., коли керівництво польським визвольним рухом опинилося на еміграції: створення за зразком масонської ложі Союзу Національної Єдності, а також Літературного (з 1845 р. Історико-літературного) Товариства, пропаганду їхніми публіцистами, особливо К. Гофманом, ідею незалежної Польщі як конституційної монархії. Добитися реалізації свого задуму планувалося з допомогою Англії та Франції військовим або дипломатичним шляхом. Демократичний

табір групувався навколо Польського Демократичного Товариства і поширював ідеї Французької революції кінця XVIII ст. Оскільки дві течії об'єднувала головна ідея – здобуття незалежної Польщі, то були спроби налагодження контактів між ними (граф Владислав Замойський і демократ Маурици Мохнацький). Але останній не мав чітких поглядів на слов'янське питання, а його гасло «ушляхетнення» селян, щоб пробудити в них громадянську свідомість і привернути їх до повстання, було відкинуто демократичним табором. Увагу автора привернула історіографія Отеля Ламбер, зокрема дискусія про нього проведена в ПНР в сталінські часи. Хоча більшість тодішніх істориків педалювали на класовому характері його представників, але М. Серейський, Н. Асородобрай відстоювали інший погляд. За думкою першого історика він прокладав шлях від феодалізму до капіталізму, а друга вважала, що Отель був реакційний, оскільки пропагував прусський шлях розвитку капіталізму. Чільним дослідником Отелю автор вважає К. Гофмана, який аналізуючи причини поділів Речі Посполитої в останній третині XVIII ст., поразки повстання 1831 р., підкреслював значення сильної королівської влади, якої бракувало в Польщі, слушність політичних рецептів Отелю, заперечував утопічні погляди демократів, тощо. Пізніше Гофман став прихильником австро-славізму і противником московського панславізму. Погляди Гофмана викликали зацікавленість в тогочасному науковому світі, значно вплинули і на розвиток суспільно-політичної думки Японії новітнього часу. Дуже цікавим є аналіз позиції Отелю щодо східної та південнослов'янської проблем. Це викликалося подібністю ситуації в занепадаючих у XVIII ст. Речі Посполитої та Османської імперії. Звідси випливала їх необхідність союзу проти спільних ворогів, насамперед проти найнебезпечнішого з них – Російської імперії. Так Отель створив східне (стамбульське) агентство, яке мало підтримувати реформи в Османській імперії (танзімат), а в роки Кримської війни організувало козацький легіон Міхайла Чайковського (Садик-паші), який воював на боці турецької армії. Це спонукало демократів (Юзеф Висоцький) до створення свого легіону. У 1848 р. в Парижі було засноване «Слов'янське Товариство», котре пропагувало інтереси слов'ян в Західній Європі. Поразка революції 1848-1849 рр. Кримська війна призводить до зменшення ролі гасел свободи, рівності й братства, але піднесення націоналізму, який все більше еволюціонував в бік шовінізму.

Наступні чотири розділи (VII-IX) розвивають попередні і були присвячені насамперед життю й діяльності видатних представників польського національно-визвольного руху, особливо Чайковському та його легіону. Цей діяч був шляхтичем, а по жіночій лінії - нащадком козацького гетьмана, чим пишався. На його погляди

вплинула конституція гетьмана Пилипа Орлика (батько цього гетьмана мав основні маєтності у Мінській землі), та його практична діяльність гетьмана у пошуках союзників у Західній Європі та в Османській імперії. Сам він сповідував ідею об'єднання польських шляхтичів і українських козаків князем Адамом Чарторийським, що знайшло певний відголосок в ідеології видатного українського історика і політичного діяча XX ст. Вацлава Липинського. Приділяється увага і постаті Ф. Духінського, сподвижника Чайковського, який підтримував контакти з Кирило-Мефодіївським товариством у Києві. Духінський в часі Кримської війни висунув тезу «Росіяни – не слов'яни», яка пізніше стала втрачати популярність через франко-російський союз. Потім головна увага була приділена Костянтину Борецькому (Мустафі Джелаледдіну) (1826-1876), польському повстанцю, діячу східного агентства Отелю, який потім воював в лавах турецької армії. В той час як Духінський «виключав» з Європи Росію, Борецький «включав» до неї Туреччину, пропонував реформувати останню в європейському дусі, але із збереженням султанського уряду, обмеженого конституцією. Політичні погляди Борецького вплинули на світогляд Ататюрка! Аналізується ситуація в польській еміграції після поразки січневого повстання 1863 р., приділяється велика увага постаті Тадеуша Окша-Ожеховського і Маріана Лангевича. Перший очолив Політичне Кореспондентське Бюро, яке займалося пропагандою і фінансувалося турецьким урядом. Другий налагодив співпрацю з керівниками групи «Молодих Османів», вплинув на младотурецький рух, а коли ті пізніше (у 1876 р.) прийшли до влади, то проголосили першу турецьку конституцію. Після поразки Туреччини у війні 1877-1878 рр., Берлінського конгресу 1878 р. діяльність польської еміграції у цьому напрямку значно слабшає. Приділено місце і Людвіку Мєрославському (1814-1878) та Генрику Камінському. Батько першого був польським шляхтичем, офіцером армії Наполеона Бонапарта, а мати - француженкою з Гасконі. Після падіння Наполеона родина осіла в Польщі. Мєрославський після поразки повстання емігрував до Франції, де на його світогляд сильно вплинув Мадзіні а сам Мєрославський став членом «Молодої Польщі». На 1846-1848 рр. припадає апофеоз його конспіративної та військової діяльності він брав участь в повстаннях в Італії та Німеччині. Під час Кримської він видав книгу «*De la nationalité polonaise..*», котра знайшла великий розголос. Зокрема, Карл Маркс критикував автора за бонапартизм. Мєрославський дійсно підтримував стратегію Наполеона III з метою ослаблення укладу, який встановився після Віденського конгресу 1815 року, та підтримуючи гасло визволення народів. Це дає право віднести Мєрославського до грона мислителів, які

передбачили визволення народів і перемогу республіканських принципів. Другий (Г. Камінський), який розпочинав як радикал-республіканець, прихильник революційної диктатури, але потім еволюціонував до угодовства щодо Росії. Власне ця еволюція і простежується в книзі японського славіста. Зокрема на відміну від Герцена, котрий бачив у общині російських селян зародок майбутнього соціалізму, Каменський бачив у ній єдино гноблену царатом найнижчу адміністративну структуру. Російські селяни були представлені пасивною гнобленою силою, в якій живе однак схильність до бунту, небезпечного для майбутнього слов'ян «варварства» Росії. Це варварство є пов'язаним з браком свободи. Однак у своїй книзі «*Росія і Європа, Польща*», точніше в додатку до неї, він висловив глибоке розчарування рішеннями Віденського конгресу, на якому великі держави Заходу зрадили Польщу, і тому схилявся до угоди з Росією.

Спеціальний розділ присвячено російським корінням більшовизму, зокрема простежується їх зв'язок з ідеологією М. Бердяєва, П. Ткачова, Г. Плеханова. Але в сталінські часи дискусія про «російське якобінство» пригасла, а пізніше взагалі припинилася. Макото знов звертається до постаті Міхайла Турського. Він був за політичне вільнодумство засланий до Архангельської губернії, звідки втік на еміграцію і зблизився як з колом М. Бакуніна, так і з лівим крилом польської еміграції, став членом польського легіону Гарібальді, воював у Паризькій комуні (був ад'ютантом В. Врублевського!), після поразки комунарів порвав з Бакуніним і долучився до бланкістів, заснував російську секцію «набатівців» Міжнародного союзу бланкістів. В своїй книзі «'» виступив як прихильник ідеалізму та ідей Робесп'єра, Сен-Жюста і Марата. Після вбивства царя Олександра II він відійшов від російського революційного руху, згодом вступив в Польську соціалістичну партію, ще пізніше підтримав Революційну фракцію Юзефа Пілсудського, виступав проти ендеків.

Розглядається поняття «органічна праця», його трактування різними істориками (С. Кеневич, Б. Скарга, Р. Чепуліс), простежено як «органічники» розуміли свою господарчу та культурно-освітню працю, підкреслювали її роль у формуванні національного духу, пропонували засоби уникнення революційних потрясінь. Юзеф Голуховський влучно охарактеризував ідею єдності польського народу на основах миру між класами: «Пан є душею, а селянин тілом». Граф Анджей Замойський згідно з цим гаслом рекомендував втілити англійську господарчу систему. У колі мислителів і практичних діячів варто звернути увагу на Якуба Гейштора, поміщика з Литви і Русі (слід розуміти: Білорусі -Ю.М.), який у статті «*Голос шляхтича до своїх братів про селянську свободу і рівність*» (1859 р.) виступав за визволення селян і

створення умов для найманої праці. Аналізується також ситуація перед повстанням 1863 р., спроби добитися автономії для Польщі мирним шляхом. Однак царизм відповів на це репресіями і граф Замойський був змушений емігрувати. Як і він, історик Кеневич в часах ПНР, служив народу працею (у даному випадку – науковою). Врешті приділяється увага постаті В. Калинки, його ролі як духовного отця станьчиків Галичини, його еволюції від республіканських ідеалів до консерватизму. У своїй книзі «Галичина і Краків під австрійським пануванням» (1853) він навіть пропонував тимчасово повернути панщину для стабілізації селянського життя. Після Кримської війни його рецепти щодо селянського питання стали більш продуманими. Він відкидав селянську общину, яку пов'язував з рабством, підкреслював, що вона була невідома селянам на землях старої Речі Посполитої, яке тяжіло до індивідуального господарювання. На його думку царат шляхом введення нового аграрного устрою хотів вбити клин між шляхтою та селянами і зміцнити свою абсолютну владу. Він радив повільне проведення реформи, без різких змін селянських відносин, що сприяло б національній єдності. У виданій 1874 р. роботі «*Поразка Франції і майбутнє Європи*» він застерігав від небезпеки для Польщі, що походила від об'єднаної Німеччини, і від загострення соціальних відносин. З огляду на майбутній потенціальний переворот і хаос він пропонував зосередитися на внутрішньому вдосконаленні на основі католицизму і на органічній праці. В цей період помітно ослаблення ним зацікавленості політичною діяльністю і посилення релігійного настрою (у 1870 р він. висвятився на ксьондза). В. Калинка приділяє велику увагу грекокатоликам (уніатам), у 1880 р. він став керувати інтернатом у Львові для української уніатської молоді. Однак в умовах загострення польсько-українських відносин його симпатія до поміщиків призвела до неуспішності його планів. Зате Калинка відіграв важливу роль на полі науки як історик. В підсумках дослідження підкреслюється зокрема важлива роль князя Адама Чарторийського і його сина Владислава, вплив ідей Мадзіні і Міцкевича на японського філософі Ацутане Хірата, вказується на подібність політичної ситуації в Японії часів Мейдзі з європейською. Козацький проект Михайла Чайковського знайшов своєрідну аналогію в Японії, де на о. Хокайдо виникла військова колонія, котра мала стати початком сучасної армії під особистим контролем і владою імператора. Підкреслюється посилення в цей національно-визвольних рухів литовців, білорусів, українців, євреїв, їхнього прагнення до створення незалежних держав, що особливо уявилося після I світової війни.

Насамкінець скажемо, що книги японського славіста Макото Хаясаки - це

важливий внесок в історичну науку, а його погляд на політичну думку земель старої Речі Посполитої, на яких відродилися незалежні держави польського, литовського, білоруського та українського народів, заслуговує на особливу увагу. Щиро йому бажаємо міцного здоров'я і довгих літ життя і сподіваємося на публікацію нових його праць!

Джерела та література:

1. Хаясака М. Україна, як відбудувати свою вітчизняну історію. - Токіо, 1994.
2. Хаясака М. Одне з джерел ідеї революційної диктатури: російське якобінство і польське питання. - Токіо, 1999.
3. Хаясака М. Русские якобинцы и М. П. Драгоманов – споры о путях решения национального вопроса//Славяноведение. - М., 1983.
4. Хаясака М. Історія прикордоння: роздуми про історію Білорусі. – Токіо, 2013; Він же. Литва. Вплив історичної традиції на формування народів – вітчизняна ідея з сучасної перспективи. - Токіо, 2017; Він же. «Специфіка і універсалізм історії Польщі XIX столітті (мінливі шляхи формування сучасних націй). – Токіо, 2019.
5. Зокрема нами була опубліковані рецензії на цю книгу: Нове дослідження японського славіста//Український археографічний щорічник.-К., 2013.-Вип. 18.-С. 731-734; Мыцык Ю. Рец. на кн.: Хаясака М. Літва.-Токио, 2017// Беларускі Гістарычны агляд.-Мінск, 2018.-Т.XXIV.-С.287-292.

第三章　早坂眞理のリトアニア・ベラルーシ史研究に寄せて

ヤン　ユルキェヴィチ

Jan Jurkiewicz

Spojrzenie z japońskiej perspektywy. Historia Białorusi i Litwy w badaniach Makoto Hayasaki

Badania nad dziejami krajów środowo-europejskich, a zwłaszcza Polski, mają w Japonii już dość długą tradycję i choć prowadzone są tam na stosunkowo niewielką skalę[1], owocują znaczącymi, oryginalnymi wynikami. W minionej dekadzie ich dorobek szczególnie wzbogaciły trzy książki profesora Makoto Hayasaki poświęcone kolejno historii Białorusi (2013), Litwy (2017) i Polski (2019)[2]. Napisane w japońskim języku nie mogą liczyć na wielu czytelników poza ojczyzną autora. Zaradzając częściowo tej trudności w ich odbiorze, wyposażył on każdą z nich w dwa lub trzy obszerne, różnojęzyczne streszczenia, w tym jedno w języku polskim. Spodziewać się należy, że ostatnia z wymienionych książek doczeka się niebawem kompetentnego omówienia przez któregoś z polskich badaczy XIX wieku. Dwie wcześniejsze nie zostały dotąd w naszym naukowym czasopiśmiennictwie historycznym odnotowane, stąd też zdecydowałem się na podstawie ich streszczeń zasygnalizować przynajmniej podjęte w nich zagadnienia. Taki sposób prezentowania książek M. Hayasaki, chociaż już z założenia ułomny, wydaje się jednak usprawiedliwiony małą ich dostępnością. Został on z powodzeniem zastosowany w piśmiennictwie historycznym

1) M. Hayasaka, *Historycy japońscy o kształtowaniu się narodów Europy Wschodniej*, Przegląd Humanistyczny, 3, 1993, s. 109 – 115; por.: J. Kobus, *Historiografia japońska a Polska – wstępny szkic przedmiotu*, Dzieje Najnowsze, t. XXXII – 2000, 1, s. 221 – 229.

2) M. Hayasaka, *Belarūshi – Kyōkai Ryōiki no Rekishigaku (Historia pogranicza: rozważania na temat dziejów Białorusi; dalej: Białoruś)*, Tokio 2013; idem, *Litoania – Rekisiteki Dentou to Kokumin Keisei na Hazama (Litwa. Wpływ tradycji historycznej na formowanie się narodów – idea krajowa z perspektywy współczesnej; dalej: Litwa), Tokio 2017; idem, Kindai-Polando-shi no Kojuusei to Fuhensei, Hakousuru-Neiszon-Keisei (Specyfika i uniwersalizm dziejów Polski w XIX wieku. Zmienne drogi kształtowana się nowoczesnych narodów; dalej: Polska)*, Tokio 2019. Wszystkie trzy książki ukazały się w wydawnictwie Sairūsha.

sąsiadujących z Polską krajów[3].

Naukowe zainteresowania M. Hayasaki w istotnej mierze uformowały się w trakcie stażu naukowego na Wydziale Historycznym Uniwersytetu Warszawskiego i w Instytucie Historii PAN w latach 1974 – 1979. Był wówczas uczestnikiem seminarium prof. Stefana Kieniewicza, pod wpływem którego zwrócił się do badań nad polskim ruchem niepodległościowym w XIX w. i dziejami Wielkiej Emigracji[4]. Po uzyskaniu w 1983 r. doktoratu na Uniwersytecie Hokkaido (w Sapporo) M. Hayasaka związał się zawodowo z Uniwersytetem w Ibaraki, osiągając w toku pracy na nim (1983 - 1996) kolejne awanse naukowe i zawodowe, aż po profesurę. Przez kilkanaście lat (do przejścia na emeryturę w 2014 r.) był też profesorem Politechniki Tokijskiej. Główną dziedziną jego badań pozostają niezmiennie XIX-wieczne dzieje Polski[5], ale z czasem rozszerzył swoje zainteresowania na całość ziem dawnej Rzeczypospolitej Obojga Narodów. Fascynują go tradycje jej wielokulturowości – ich trwałość, jak również stopniowy ich zanik w wyniku procesów narodowotwórczych i innych przyczyn[6].

Ważnych inspiracji badawczych dostarczały mu m. in. podróże „śladami historii". Jedna z nich, na przełomie 1976 i 1977 r. zawiodła go do Adampola, gdzie przy grobie Ludwiki Śniadeckiej dumał nad jej i Michała Czajkowskiego losami, nad ideami, którym służyli. W 1987 r. wydał pracę poświęconą Agencji Wschodniej (istambulskiej) Hotelu Lambert[7]. Pokrewną tematykę podjął też w innych publikacjach[8]. Uwzględnił ją m. in. w

3) Zob. zwłaszcza: Ю. Мицик, *Нові дослідження японскго славіста*, Український археографічний щорічник, Вып. 18, Т. 21, Kiïv 2013, s. 731 – 734; idem (Ю. Мыцык), rec.: Хаясака, Макото, *Літва. Уплыў гістарычнай традыцыі на фармаванне нацый. „Краёвая ідэя" з перспектывы сучаснасці*, Tokio 2017. - Беларускі Гістарычны Агляд, Т. 24, сшыткі 1- 2 (46 – 47), 2017, s. 287 – 292.

4) M. Hayasaka, *Pamięci Profesora Stefana Kieniewicza*, Przegląd Historyczny, t. 84, 1 (1993), s. 63 – 64.

5) Jako ich badacz dawno już zyskał uznanie w kręgu specjalistów. Znalazło ono wyraz m. in. w uhonorowaniu go Specjalnym Wyróżnieniem przez Kapitułę Nagrody im. Jerzego Skowronka (2018 r.).

6) W kręgu zainteresowań M. Hayasaki mieszczą się również dzieje Rosji. Szczegółowe badania prowadził nad stosunkiem rosyjskiego ruchu rewolucyjnego do sprawy polskiej i w ogóle kwestii narodowościowych. Zajmuje się także przekładami na język japoński. Przełożył m. in. książki Bronisława Geremka (*Litość i szubienica: dzieje nędzy i miłosierdzia*; Tokio 1987) i Władimira A. Djakowa (*Славянский вопрос в общественной жизни дореволюционной России*; Tokio 1996).

7) M. Hayasaka, *Isutanburu Tōhō Kikan: Pōrando-no bōmei aikokusha*, Tokio, Chicuma Shobo, 1987 (*Organizacja Wschodnia – Istambuł: polscy patrioci emigranci*; w wolnym przekładzie autora - podanym w artykule *Pamięci Profesora*, s. 64 - tytuł książki brzmi: *Agencja Wschodnia – życie polityczne Michała Czajkowskiego*).

8) Do najwcześniejszych należą artykuły: *La politique orientale de l'émigration polonaise – la tendance turcoslave à la mi-XIX siècle*, „SHi Hō" (Historical Alliance), Sapporo 1982, nr 15, s. 13 – 41; *Polish Emigration and the Ottoman Empire*, Annals of Japan Association for Middle East Studies, Vol. 2 (1987), s. 166 – 186.

książce, której tytuł w polskim tłumaczeniu brzmi: *Ukraina – na szlaku jej dziejów* (1994). Czytelników polskich zapoznała z tą książką jej recenzja pióra japońskiego slawisty Koichi Kuyama[9]. Tu wystarczy zasygnalizować za nim, że M. Hayasaka w Ukrainie rozpatruje różne zagadnienia z dziejów stosunków polsko-ukraińskich, niepodległościowe plany Filipa Orlika (1672 – 1744) i inne istotne kwestie, a „Wątkiem łączącym poszczególne rozdziały i w znacznej mierze tłumaczącym szczególne zainteresowanie autora Ukrainą, są losy Michała Czajkowskiego". Wykraczając poza ramy tematyczne książki jeden z dziesięciu jej rozdziałów poświęcił Białorusi i Litwie, jakby zapowiadając swoje przyszłe, omawiane tu prace.

Wcześniejsza z nich, *Białoruś*, liczy 467 stron, z których jej właściwy tekst zajmuje wraz z 6. konturowymi mapkami 415 stron i dzieli się na 8 rozdziałów oraz *Wstęp* i *Zakończenie*. Zapowiedziane w jej tytule rozważania autora o przeszłości ogniskują się w dużej mierze wokół kwestii kreowania przez białoruską historiografię obrazu ojczystych dziejów. Kształtowała go ona w opozycji do dominujących w XIX w. ujęć formowanych przez historiografie polską i rosyjską. Pierwsza afirmowała historyczne związki ziem białoruskich z Polską (w ramach polsko-litewskiej unii), druga z Rosją[10]. Argumentów dla obu tych stanowisk dostarczał obficie wiekowy proces przenikania się i rywalizacji na Białorusi polskich i rosyjskich wpływów politycznych i kulturalnych. Zdaniem autora nadał on ziemiom białoruskim charakter pogranicza, zasygnalizowany już w tytule książki. Ze wstępnych uwag i streszczeń poszczególnych rozdziałów[11] wynika, że M. Hayasaka postawił sobie w pracy za cel: 1) przedstawienie zarysu historiografii Białorusi; 2) zapoznanie czytelników z wybranymi zagadnieniami z białoruskich dziejów od średniowiecza po czasy najnowsze. Jako wytyczną dla swych badań przyjął prowadzenie analiz z punktu widzenia kształtowania się nowoczesnych narodów i państw. Omawiając białoruski proces narodowotwórczy stwierdza w konkluzji (rozdz. I), że przebiegał on w zasadzie podobnie jak w innych krajach, ale miał też cechy szczególne wynikające z kulturalno-politycznego wpływu na niego Polski i Rosji.

Trudności związane z kształtowaniem się białoruskiej tożsamości narodowej znalazły odzwierciedlenie w historiografii. Autor szczególną uwagę poświęcił charakterystyce

9) K. Kuyama, *Makoto Hayasaka i jego książka o Ukrainie, Lithuania*. Kwartalnik poświęcony dziejom Europy Środkowo-Wschodniej, 1 / 2 (18/19), 1996, s. 233 – 235.

10) Por. przegląd zapatrywań XIX-wiecznej historiografii na dzieje W. Ks. Litewskiego: K. Błachowska, *Wiele historii jednego państwa*, Warszawa 2009.

11) Streszczenia są w językach białoruskim (11 s.) i polskim (10 s.).

dwóch głównych nurtów w białoruskiej myśli historycznej na przełomie XIX i XX w. Jeden z nich, współtworzący ideologię tzw. zachodniorusizmu, wyróżniał się rosyjsko-centryzmem i w późniejszym czasie znalazł kontynuację w radzieckiej nauce historycznej. M. Hayasaka przedstawił charakterystyczne dla tego nurtu poglądy na dzieje Białorusi i w ogólnej ocenie uznał go za narzędzie rosyjskiej propagandy. Toczona od lat 90. ubiegłego wieku ożywiona dyskusja nad rolą zachodniorusizmu w białoruskiej historii zaowocowała dużym zróżnicowaniem jego ocen – od zdecydowanie ujemnych, po akcentujące jego dodatni wpływ na kształtowanie się narodowej tożsamości Białorusinów[12]. Wypowiedzi M. Hayasaki wpisują się w ten naukowy dyskurs. Drugi interesujący go nurt myśli historycznej reprezentuje historiografia o narodowej orientacji, ukierunkowana na wykazywanie podmiotowej roli ziem białoruskich w dziejach i ich odrębnych tradycji historycznych. M. Hayasaka omawia początkowy okres jej rozwoju podkreślając wybitną w nim rolę Wacława Łastowskiego, który w pracy *Karotkaja historyja Biełarusi* (1910 r.) przedstawił w rodzinnym języku i z narodowo-białoruskiego punktu widzenia całość dziejów ojczystego kraju. Uznanie M. Hayasaki dla zasług Łastowskiego w tworzeniu „narodowej wizji" historii jest w pełni zasadne. Zastrzeżenia wzbudza jednak przypisanie mu pierwszeństwa w połączeniu genezy Białorusinów z ziemią połocką i plemieniem Krywiczów. Pod tym względem miał Łastowski poprzedników, do których świadomie nawiązywał[13]. W dalszych wywodach autor zarysował losy białoruskiej nauki historycznej w kolejnych dekadach. Informuje czytelników o rozkwicie, jaki przeżywała ona w BSRR w dobie NEP-u, dzięki ówczesnej polityce białorutenizacji, i o ciężkich ciosach, jakie w latach 30. zadały jej stalinowskie represje.

Przegląd dziejów Białorusi rozpoczyna M. Hayasaka od wspomnianego już zagadnienia jej kolebki (rozdz. II i III). W wywodach tych do charakterystycznych cech białoruskiej historiografii zalicza m. in. eksponowanie dziejowej roli takich postaci jak książę połocki Rogwołod, jego córka Rogneda i prawnuk Wsiesław Czarodziej, czy połocka księżna z XII w. święta Jefrosini[14]. Baczną uwagę zwrócił na narodowościowe i polityczne konteksty kultu tej świętej. Władze carskie próbowały wykorzystać go w celu rusyfikacji Białorusinów, w

12) Podsumowanie dotychczasowej dyskusji zob.: А. Смалянчук, *Заходнерусізм і краёвсць: спроба канцэптуальнага параўнання*, [w:] idem, *„Краёвая ідэя" ў беларускай гісторы*і, Minsk 2017, s. 84 - 100.

13) V. Korbut, *Etnogeneza Białorusinów w świetle ustaleń Wacława Łastowskiego*, Białoruskie Zeszyty Historyczne, 51, 2019, s. 27 – 38. Por.: Р. Лінднэр, *Гісторыкі і ўлада. Нацыятворчы працэс і гістарычная палітыка ў Беларусі XIX – XX cm.*, przekł. z niem.: Л. Баршчэўскі, Minsk 2003, s. 81 - 84.

14) Por.: O. Łatyszonek, *Od Rusinów Białych do Białorusinów. U źródeł białoruskiej idei narodowej*, Białystok 2006, s. 265; Р. Лінднэр, Гісторыкі, s. 84.

BSRR był tłumiony z pobudek antyreligijnych, a po rozpadzie ZSRR powoli się odradza, „głównie jako symbol oświaty narodowej". Przechodząc do czasów wczesnonowożytnych autor zajął się dobą Odrodzenia i Reformacji na Białorusi. W poświęconym jej rozdziale (IV) rozwija następujące wątki tematyczne: ruch reformacyjny, rozwój drukarstwa, kodyfikacja prawa, działalność polityczna kanclerza Lwa Sapiehy. Zgodnie z przyjętymi założeniami badawczymi obszernie uwzględnia historiograficzne aspekty tej tematyki[15]. I tak np. przedstawiając zagadnienie kodyfikacji prawa w Wielkim Księstwie Litewskim podkreśla znaczenie badań Juliusza Bardacha rzucających nowe światło na wpływ prawa rzymskiego na Statuty Litewskie. Zafrapowany postacią Lwa Sapiehy zwraca uwagę na jego obraz we współczesnej historiografii białoruskiej, ukazujący go jako narodowego bohatera[16]. W streszczeniu rozdziału autor nie ujawnia swego stosunku do tego popularnego wizerunku litewskiego kanclerza, ale z odsyłaczy w książce można wnioskować, że traktuje go z odpowiednim krytycyzmem, właściwym nowszym, znanym mu opracowaniom[17]. W dalszych partiach rozdziału zajął się zagadką pochodzenia rodu Sapiehów i kwestią jego roli w Wielkim Księstwie – na ogólniejszym tle potęgi litewskich magnatów. Poruszył też zagadnienie stosunków polsko-rosyjskich na początku XVII w. zwracając uwagę, że w historiografii japońskiej brak jest interpretacji *Smuty* z perspektywy Litwy historycznej, przeważa natomiast jej obraz jako polskiej intrygi, przyjęty za jednostronnymi ujęciami rosyjskimi.

Podejmuje następnie problematykę dziejów unii kościelnej w XVII – XIX w., ze szczególnym uwzględnieniem Podlasia (rozdz. V. i VI.). Interesują go głównie jej następstwa w sferze stosunków narodowościowo-religijnych: konflikty, które na Białorusi znalazły kumulację w zabójstwie Jozafata Kuncewicza i krwawej rozprawie z oskarżonymi o nie witebszczanami; przyspieszająca proces polonizacji latynizacja obrządku unickiego; działalność oświatowa bazylianów. Najwięcej uwagi poświęcił prześladowaniu unitów na

15) Szerzej odniósł się w streszczeniu do badań Włodzimierza Piczety (1878 – 1942) wnioskując, że przyjął on „linię polityczną zapadnorusizmu" i swą twórczością legitymizował „rację stanu systemu sowieckiego". Dodajmy jednak, że w Związku Radzieckim pracował on w warunkach drastycznego braku swobody twórczej.

16) Odwołuje się do popularno - naukowej pracy Iwana Sawerczanki, zob.: I.B. Саверчанка, *Канцлер вялікага княства Леў Сапега*, Minsk 1992.

17) Autor wykorzystał m. in. gruntowny biogram L. Sapiehy pióra Henryka Lulewicza (*Polski słownik biograficzny*, t. 35 (1994), s.84 – 104) i prace J. Bardacha rewidujące tradycyjny pogląd o eksponowanej roli L. Sapiehy w przygotowaniu III Statutu. Nie miał okazji wykorzystać najnowszej biografii Sapiehy pióra Arkadiusza Czwołka, gdyż ta ukazała się niemal równocześnie z *Białorusią. Zob.: A. Czwołek, Piórem i buławą. Działalność polityczna Lwa Sapiehy, kanclerza litewskiego, wojewody wileńskiego*, Toruń 2012.

Podlasiu wszczętym przez władze carskie po powstaniu styczniowym i kontynuowanym aż do wydania ukazu tolerancyjnego w 1905 r.[18] Omawia międzynarodowy kontekst represji i wnioskuje, że przyniosły one rezultaty odwrotne od zamierzonych. Nawiązując do wydarzeń związanych z unią kościelną rozwija wątek legendy cudownego obrazu Matki Boskiej Kodeńskiej. Analizuje też ujęcie stosunków religijnych na Podlasiu w dwóch utworach literackich – Błogosławionej winie Zofii Kossak i *Z ziemi chełmskiej* Władysława Reymonta. Ocenia, że utwory te w zamiarze swych autorów miały przysłużyć się konsolidacji narodowej w duchu endeckiej koncepcji „nowoczesnego Polaka"[19].

Kolejne rozdziały (VII i VIII) poświęcone są życiu i działalności Bronisława Taraszkiewicza, typowego, jak go określa M. Hayasaka, człowieka pogranicza, rozdartego między polskością a białoruskością[20]. Jego biografia odzwierciedla dramatyczne losy pokolenia białoruskiej inteligencji, które na początku XX w. podjęło pracę na niwie narodowej, w latach 1917 - 1918 zaangażowało się w budowę Białoruskiej Republiki Ludowej, a po traktacie ryskim rozdzieliło się w poszukiwaniach drogi do niepodległości. B. Taraszkiewicz należał do grupy działaczy, których dalsze koleje życia układały się według schematu: posłowanie w polskim Sejmie, związanie się z ruchem komunistycznym, represjonowanie przez polskie władze, śmierć w radzieckich więzieniach i obozach. Przez pryzmat losów Taraszkiewicza ukazał autor skomplikowane dzieje Białorusi w pierwszej połowie XX w. Spoglądając z dalekowschodniej perspektywy dostrzega analogie między polskim osadnictwem wojskowym na wschodnich ziemiach II Rzeczpospolitej, a wojskowym osadnictwem japońskim w Mandżurii oraz politycznymi celami i skutkami tych przedsięwzięć. Wskazuje także na światowy kontekst działalności BWR Hromady, określony przez strategię Kominternu. W „Zakończeniu" kreśli zarys procesu narodowotwórczego w Europie począwszy od Wielkiej Rewolucji Francuskiej, po czym przechodzi do sytuacji na Białorusi w najnowszych czasach. Podkreśla opór przeciw tłumieniu życia narodowego, jaki ujawnił się w BSRR w 70. latach ubiegłego wieku, a rozwinął w dobie „Pieriestrojki". Wskazuje na obawy dzisiejszych historyków białoruskich przed powrotem zachodniorusizmu

18) Por.: M. Hayasaka, *Prześladowanie unitów na Podlasiu na przełomie XIX i XX wieku z punktu widzenia konsolidacji narodowej*, [w:] *Трэці Міжнародны Кангрэс даследчыкаў Беларусі. Працаўныя матэрыялы*, T. 3, Kaunas 2014, s. 236 – 239.

19) Por.: ibidem, s. 239, gdzie taka sama ocena, wsparta uwagą, że dążenia do konsolidacji narodowej w imię jedności państwa, często przyczyniały się do wzrostu konfliktów narodowych.

20) Por.: M. Hayasaka, *Działalność polityczna Bronisława Taraszkiewicza w kontekście historii Dalekiego Wschodu*, [w:] *Другі Міжнародны Кангрэс даследчыкаў Беларусі. Працаўныя матэрыялы*, T. 2, Kaunas 2013, s. 140 – 143.

i konkluduje, że „przeszłość ciąży na przemianach świadomości narodowej Białorusinów".

Książka w poszczególnych szkicach – rozdziałach oświetla węzłowe zagadnienia białoruskich dziejów. Przynosi wiele informacji na temat poszczególnych faktów i procesów historycznych, głównie ze sfery stosunków narodowościowych i religijnych. Jeden z wybijających się w książce wątków stanowi legenda obrazu Matki Bożej Kodeńskiej[21]. Rozwijając go autor charakteryzuje kult Matki Boskiej w skali całej Białorusi, a niejako przy okazji także architekturę cerkwi i kościołów. Całość pracy spajają jednak głównie dwa tematy: drogi rozwoju białoruskiej myśli historycznej oraz przenikanie się na ziemiach Białorusi wpływów kulturalnych Wschodu i Zachodu. To ostatnie zjawisko w ujęciu autora uatrakcyjnia obraz Białorusi jako pogranicza bogatego swą kulturową różnorodnością, nie zaś kresów o zatartej podmiotowości własnego bytu historycznego. Autor dba o dokumentację swych wywodów, ale nie przeciąża książki przypisami. W bazie materiałowej dzieła dominuje literatura przedmiotu. Znaczna jej część stanowi zarazem podstawowe źródło dla zaprezentowanych badań autora nad myślą historyczną. Książka jest pierwszym szerszym ujęciem dziejów Białorusi w języku japońskim. W odbiorze czytelników dopomoże jej z pewnością obfity materiał ilustracyjny (zdjęcia i ryciny osób, krajobrazów, zamków, cerkwi, kościołów itd.). Będąc problemowym ujęciem tematyki książka wzbudzi zapewne zainteresowanie głównie wśród osób szukających w lekturze nie prostego przekazu informacyjnego o dalekich krajach, lecz pomocy w zrozumieniu ich dziejów.

W pewnej mierze przeszłości Białorusi dotyczy też książka *Litwa*, której problematyka w aspekcie terytorialnym ma niejako podwójny wymiar - odnosi się zarówno do tzw. Litwy właściwej („etnicznej"), jak i do całego obszaru dawnego Wielkiego Księstwa Litewskiego, którego większość stanowiły ziemie białoruskie[22]. Temat dzieła świadczy, że przy jego wyborze kierował się autor przeświadczeniem o dużym znaczeniu idei krajowej, będącej przejawem szerszego zjawiska krajowości[23]. Narodziła się ona na przełomie XIX i XX w.

21) Wątek ten łączy autor z innymi (rolą Sapiehów w W. Ks. Litewskim; losami unitów na Podlasiu), co w wyniku przynosi nowe oświetlenie każdego z nich.

22) Książka ma 540 stron, z których właściwy tekst zajmuje s. 428 i dzieli się na siedem rozdziałów. Streszczenia są w językach: litewskim (20 s.), polskim i białoruskim (po 14 s.). Dzieło zawiera obfity materiał ilustracyjny.

23) Pojęcia, „idea krajowa" i „krajowość" bywają utożsamiane. Przyjmuję szersze znaczenie drugiego z nich, jako obejmującego zarówno świadomość krajową (typ świadomości narodowej opartej głównie na więzi terytorialno-historycznej), jak też wyrosłą na jej gruncie ideę (koncepcję) krajową, zob.: J. Jurkiewicz, *Poznańska debata o krajowości*, [w:] *Krajowość – tradycje zgody narodów w dobie nacjonalizmu*, red. J. Jurkiewicz. Poznań 1999, s. 8. Por. definicję „krajowości" zaproponowaną przez Olega Łatyszonka: O. Łatyszonek, *Krajowość i „zapadno-rusizm". Tutejszość zideologizowana*, [w:] Krajowość, s 39.

jako reakcja na wzrost dzielących ludność ziem b. Wielkiego Księstwa Litewskiego dążeń nacjonalistycznych, którym przeciwstawiała zgodną z tradycjami historycznymi alternatywę – solidarne współdziałanie miejscowych narodów w imię ich nadrzędnego interesu, czyli dobra wspólnej ojczyzny („kraju"; ziem historycznej Litwy).

„Zarówno określona przez kolektywne warunki specyfika ideologii krajowej, jak i cechujący ją wymiar uniwersalny, wynikający głównie z jej zasadniczego ukierunkowania przeciw nacjonalizmowi, zwróciły pod koniec ubiegłego wieku żywą uwagę badaczy kwestii narodowościowych. Wcześniej, w pierwszych dekadach powojennych, pamięć o krajowości podtrzymywali nieliczni przedstawiciele polskiej emigracji na Zachodzie Europy i w USA (Zygmunt Jundziłł, Kazimierz Okulicz, Wiktor Sukiennicki). W Polsce tematyka ideologii krajowej zaczęła pojawiać się w publikacjach naukowych w 60. – 70. latach ubiegłego wieku (w pracach Jerzego Ochmańskiego, Piotra Łossowskiego, Henryka Wisnera), ale na większą skalę badania nad nią rozwinęły się dopiero w kolejnych dwóch dziesięcioleciach. Szczególnie istotny wkład wniósł do nich i patronował im profesor Juliusz Bardach. Wokół niego skupiała się nieformalna grupa badaczy krajowości z Polski, Litwy i Białorusi (Jan Jurkiewicz, Roman Jurkowski, Bronisław Makowski (Bronius Makauskas), Rimantas Miknys, Aleksander Smaljanczuk, Jan Sawicki, Zbigniew Solak[24], Darius Staliūnas, Dariusz Szpoper), która ukształtowała się w latach 90. Już wówczas wśród pozaeuropejskich uczonych zainteresowanych i samą ideą krajową i w ogóle krajowością znalazł się Makoto Hayasaka[25]. Jego książka należy do tych rzadkich w literaturze przedmiotu ujęć, które starają się przedstawić możliwie pełny obraz krajowości i pokazują go na szerokim tle dziejów politycznych i przemian stosunków narodowościowych na Litwie i Białorusi w pierwszej połowie XX w. Wywody swoje opiera autor na bardzo solidnej podstawie materiałowej, którą prezentuje w 20-stronnicowym zestawieniu bibliograficznym. Znajdujemy w nim wszystkie istotne prace z literatury przedmiotu, a uznanie wzbudza także obfitość źródeł i ich trafny dobór. Czołowe miejsca wśród nich zajmują: polska i litewska prasa z przełomu XIX i XX w. (z ok. 20 tytułów najwcześniejszym jest „Aušra"; 1883-1886), materiały pamiętnikarskie (między nimi opublikowane tomy *Dziennika* Michała Römera z lat 1915 - 1916 i 1918-1923[26]), różnego rodzaju enuncjacje programowe i pisma polityczne.

24) Zbigniew Solak (1953 – 2004), wybitny badacz krajowości, w Polsce Ludowej działacz niepodległościowej opozycji demokratycznej, więziony w stanie wojennym.

25) Zainteresowanie krajowością rozbudziło u autora zapoznanie się z myślą polityczną ukraińskiego krajowca Wacława (Wiaczeslawa) Lipińskiego, por.: K. Kuyama, *Makoto Hayasaka i jego książka*, s. 234.

26) Tomy z lat 1918 – 1923 wykorzystał M. Hayasaka w ich przekładzie na język litewski (edycja pod redakcją Rimantasa Miknysa, Wilno 2007 - 2015).

Zgromadzone materiały pozwoliły autorowi wyczerpująco oświetlić podejmowane kwestie. W początkowych partiach tekstu wprowadza czytelnika w zagadnienia terminologiczne – dyskusje wokół definicji narodu, pojęcia „krajowości" i „tutejszości", „Litwy historycznej" i „Litwy etnograficznej" i inne. Charakteryzuje ogólnie koncepcję krajową i stan badań nad nią oraz przedstawia warunki w jakich się kształtowała, ze szczególnym naciskiem na następujące zjawiska: rozwój procesów narodowotwórczych na ziemiach litewsko-białoruskich z uwzględnieniem ich historycznego i ogólnoeuropejskiego tła; nasilanie się dążeń nacjonalistycznych na przełomie XIX i XX w., z podkreśleniem unifikacyjnej polityki caratu w stosunku ziem Litwy historycznej; wpływ na mieszkańców Litwy i Białorusi idei warszawskiego pozytywizmu i rosyjskiego narodnictwa. Przedstawiając procesy narodowotwórcze i wzrost nacjonalizmu zwraca uwagę, że rusyfikacyjna polityka caratu osłabiła znaczenie polskości, ale odniosła też skutki przeciwne do zamierzonych – przyczyniła się do rozbudzenia świadomości etnicznej Litwinów i Białorusinów. Z tą polityką, jak też z germanizacją w zaborze pruskim łączy – inna rzecz czy nie nazbyt jednostronnie – pojawienie się polskiego nacjonalizmu spod znaku Narodowej Demokracji. Objaśniając postawy krajowców podkreśla, że przeciwstawiając się nacjonalizmom odwoływali się oni do wspólnoty historycznych losów mieszkańców „kraju", afirmowali jego odrębność, jedność i polityczną podmiotowość. M. Hayasaka akcentuje ich życzliwą postawę wobec narodowych dążeń Litwinów i Białorusinów, ale też różniące ich z nimi poglądy w kwestii stosunku do tradycji Wielkiego Księstwa Litewskiego[27].

Podczas gdy znaczna część badaczy za przedmiot bliższych obserwacji wybiera jeden z dwóch nurtów krajowości, demokratyczny (reprezentowany przez tzw. demokratów wileńskich) lub zachowawczy (mający ostoję w ziemiaństwie), M. Hayasaka z równą uwagą odnosi się do obu, ukazuje ich genezę i relacje między nimi. Działalność i myśl polityczną demokratów charakteryzuje m. in. na podstawie publicystyki „Gazety Wileńskiej" i „Przeglądu Wileńskiego", aktywność zachowawców ilustruje przykładami Mińskiego Towarzystwa Rolniczego i Stronnictwa Krajowego Litwy i Białorusi. Przedstawia szereg reprezentantów obu kierunków, jak też wpływowe postacie życia publicznego, które choć działały poza środowiskiem krajowców, były do nich mniej lub bardziej zbliżone poglądami. W szczególny sposób wyróżnia osoby dwóch krajowców – czołowego przedstawiciela kierunku demokratycznego Michała Römera i wybitną reprezentantkę

27) Dla swej koncepcji utrzymania odrębności i całości ziem b. W. Ks. Litewskiego łatwiej znajdowali krajowcy zrozumienie wśród działaczy białoruskich, niż w politycznych kołach litewskich, których ideałem była niepodległa Liwta w granicach etnograficznych ze stolicą w Wilnie.

nurtu konserwatywnego, Konstancję Skirmuntt. Specjalną uwagę poświęca słynnej pracy M. Römera *Litwa* (Lwów 1908), zaznaczając, że wciąż zachowuje ona naukowe znaczenie (s. 27)[28]. Ona też zdaje się być głównym jego przewodnikiem po dziejach narodowego odrodzenia litewskiego (do roku 1905). Autor zapoznaje czytelnika z takimi sukcesami Litwinów w walce o narodowe prawa, jak zniesienie zakazu druków litewskich (1904 r.) i zorganizowanie narodowego zjazdu – Sejmu Wileńskiego (1905 r.). Równolegle kreśli obraz polskiego życia politycznego na Litwie. Stopniowo jego uwaga skupia się głównie na relacjach polsko-litewskich. Zaznacza, że jeszcze w początkowych latach I wojny światowej podejmowane były próby ułożenia stosunków narodowościowych na gruncie zasad krajowych, ale okazywały się niewystarczające do powstrzymania nacjonalistycznych waśni. Zaostrzał się szczególnie spór polsko-litewski przybierając charakter konfliktu terytorialnego o Wilno i Wileńszczyznę. Próbom jego kompromisowego rozwiązania ostateczny kres (nie formalnie wprawdzie, lecz faktycznie) położyła wyprawa Lucjana Żeligowskiego (s. 29), a pokój ryski zawarty kilka miesięcy później oznaczał sfinalizowanie podziału ziem Litwy historycznej. Kreśląc dalsze dzieje kwestii wileńskiej wskazuje autor na stan „wojny nie wojny" między Polską a Litwą, przypomina osamotnioną obronę zasad krajowych przez Ludwika Abramowicza (s. 30 – 32), którego śmierć w marcu 1939 r., zdawała się być podzwonnym dla idei krajowej. Przegląd losów Wilna i Litwy doprowadza do czasów współczesnych. Omawia więc kolejno zmiany jakie w historii miasta i kraju zapoczątkowała II wojna światowa – przyłączenie Wilna do Republiki Litewskiej (X 1939 r.), utratę przez Litwę nieodległości, zmiany struktury narodowościowej ziem litewsko-białoruskich w latach II wojny światowej i powojennych, trudną drogę Litwy do odzyskania w 1990 r. niepodległego bytu.

Zwalczające ideę krajową środowiska nacjonalistyczne przedstawiały ją jako archaiczną koncepcję, utrudniającą kształtowanie się nowoczesnych narodów. Po II wojnie światowej badacze widzieli w niej zazwyczaj szlachetną utopię, która nie była w stanie zapobiec narodowościowym waśniom, lecz co najwyżej mogła je nieco złagodzić. Ocena M. Hayasaki zdecydowanie odbiega od tych utrwalonych opinii. Nawiązuje on do myśli krajowca Zygmunta Jundziłła (1880-1953), który u schyłku życia oceniając fiasko politycznej koncepcji krajowców uznał, że głoszona przez nich, a niezrozumiała dla nacjonalistów idea współdziałania kilku narodowości we wspólnym państwie, okazała się przedwczesna. M. Hayasaka nie tylko podziela ten pogląd, ale widzi w nim spełnioną po latach przepowiednię

28) Tu i w innych miejscach odwołania do stron streszczenia w języku polskim.

triumfu idei krajowej. Za taki triumf uznaje zmiany polityczne, jakie w latach 80. – 90. XX wieku dokonały się w Europie Środkowowschodniej. Dla potwierdzenia swego stanowiska przytacza m. in. przykład inspirującej te zmiany postawy Jana Pawła II. Jest prawdopodobne, że poglądy krajowców docierały (za pośrednictwem środowiska „Tygodnika Powszechnego") do kardynała Karola Wojtyły i znalazły odzwierciedlenie w jego myśli i działaniach[29]. Znamienne jest dokonanie przez Jana Pawła II beatyfikacji arcybiskupa Jerzego Matulewicza (Jurgisa Matulaitisa), który będąc biskupem wileńskim (1918 – 1925) z równą troską traktował potrzeby wszystkich diecezjan bez względu na ich narodowość. Ściągało to na biskupa ataki nacjonalistów, a zyskiwało mu uznanie krajowców. Nie sposób też zaprzeczyć, że na postawy powojennej inteligencji w Polsce i w innych krajach Europy Środkowowschodniej wpłynęła – inna rzecz, jak dalece – twórczość ludzi kultury, którym bliskie były idee krajowców: poezja Czesława Miłosza, publicystyka Jerzego Giedroycia, prace naukowe Wiktora Sukiennickiego. Nie widać jednak podstaw, by do sukcesów idei krajowej zaliczać także, jak proponuje autor (chyba, że mamy tu do czynienia z pewną metaforą) powstanie NSZZ Solidarność, czy rozszerzenie na wschód Unii Europejskiej. Doświadczenia II wojny światowej i powojennego podziału świata na przeciwstawne bloki wpłynęły w skali globalnej na przemiany ludzkiej świadomości, wykazując konieczność solidarności i współpracy ludzi i narodów. Jaki w tym procesie miała udział idea krajowa, de facto niemal zapomniana do lat 80., pozostaje kwestią przyszłych badań. Postulat ich podjęcia wynika jasno z przytoczonych rozważań M. Hayasaki.

O ile skala znaczenia, jakie przypisuje on idei krajowej nasuwa wątpliwości, o tyle przekonywające jest zakwestionowanie przez niego schematycznego obrazu tej idei jako utopii, która w realnych warunkach nie odegrała znaczącej roli. Tworzone na jej podstawie projekty polityczne istotnie kończyły się fiaskiem, ale ona sama, choć po roku 1921 zmarginalizowana, trwała jako ważny drogowskaz dla zwolenników dialogu i współpracy w stosunkach między narodami; w perspektywie dziejowej ta jej rola, wciąż tylko częściowo rozpoznana, szczególnie wyraźna jest w sferze stosunków polsko-litewskich i polsko-białoruskich. Książka *Litwa* M. Hayasaki stanowi istotny wkład do historiografii krajowości. Tematycznie łączy się ona z całokształtem twórczości autora, zdominowanej przez zagadnienia z zakresu polskiej myśli politycznej XIX wieku. Zarazem zajmuje w tej twórczości miejsce szczególne, wynikające z faktu, że idea krajowa, choć ukształtowana w

29) Zob.: R. W. Staniewicz, *Szlaki idei tożsamości środkowo-wschodnio-europejskiej*, [w:] Krajowość, s. 135 – 142.

środowiskach polskiej inteligencji i ziemiaństwa na Litwie i Białorusi, należy do wspólnego dziedzictwa wielonarodowościowej ludności tych krajów – do tradycji Wielkiego Księstwa Litewskiego.

Omówione książki M. Hayasaki świadczą, że pozycja obserwatora stosunków środkowo – europejskich „z zewnątrz", z perspektywy Japonii, ułatwia mu dostrzeżenie, a w następstwie dobór do analizy istotnych zagadnień. Zwraca uwagę porównawcze ukierunkowanie jego badań. Podejmowane kwestie ujmuje on w szerokim kontekście międzynarodowym, niekiedy nawet pozaeuropejskim (gdy odwołuje się do dalekowschodnich analogii). Obok wartości merytorycznych szczególnie wyróżnia oba dzieła M. Hayasaki sam fakt, że przybliżają one japońskim czytelnikom historię dwóch środkowo – europejskich krajów. Nadaje im to na tle japońskiej historiografii wybitnie pionierski charakter. Inna rzecz, że do Japonii wiedza o przeszłości Litwy i Białorusi trafia rożnymi drogami. Jedną z nich jest droga poezji, na której czytelnicy w Japonii mają możność spotkać się np. ze sławiącymi Litwę dziełami Adama Mickiewicza – *Panem Tadeuszem* (tłum. Yukio Kudo; 1999) czy *Konradem Wallenrodem* (tłum. Koichi Kuyama; 2014)[30]. Związki między literaturą piękną a ideami krajowców to odrębny, wielki temat. Jeśli ktoś w przyszłości podejmie się jego opracowania, książki Makoto Hayasaki będą dla niego ważną pomocą. Ich głównym adresatem są, poza czytelnikami w Japonii, badacze z krajów środkowo – europejskich. Znaczenie dla nich obu dzieł widzę przede wszystkim w tym, że przynoszą one nowe ujęcie wielu kwestii, pobudzają do naukowej refleksji i dyskusji. To ich znaczenie jest jednak mocno ograniczone z powodów językowych.

30) K. Kuyama, *O pracach translatorskich Yukio Kudo autora japońskiego przekładu „Pana Tadeusza"*, Wiek XIX. Rocznik Towarzystwa Literackiego imienia Adama Mickiewicza,2009, 2 (44), s. 198 – 216; R. Zajączkowski, *Japońska Polska. Kulturowy wizerunek Polski w Japonii*, Zeszyty Naukowe KUL, R. 60 (2018), nr 2 (242), s. 381-398. Pierwszego przekładu *Konrada Wallenroda* na język japoński dokonał Asadori Kato w 20. latach XX w.